コミュ力向上のために
言語スキルをマスターしたら、
引く手あまたの
英雄になりました
JN019014

王国騎士団長の一人娘。
オークに襲われそうになったところ、
主人公のハーレイに助けられる。
透き通るような美少女。読書好き。

「あなたが助けてくれたのね？」

サーシャの友人。王立学園の生徒でありながらお嬢様であるサーシャの専属ボディガードに抜擢されるほどの剣の腕前。

「ハーレイ殿ならば信頼できますし、
問題ないと思います！」

森で捨てられ、モンスターと
暮らしていたハーフエルフの少女。
ハーレイから人間の言葉や常識を
教わることに。

「……好き」

プロローグ　～出来損ないのハーレイ～　005

第一章　言語スキル　009

第二章　サーシャ・レヴィングという少女　044

第三章　旧鉱山の謎　100

第四章　モンスターの村　136

第五章　気持ちを言葉に乗せて　185

エピローグ　233

あとがき　240

コミュ力向上のために言語スキルをマスターしたら、引く手あまたの英雄になりました

鈴木竜一

ファンタジア文庫

3272

口絵・本文イラスト　フェルネモ

コミュ力向上のために
言語スキルをマスターしたら、
引く手あまたの
英雄になりました
著 鈴木竜一
ill. フェルネモ
The Heroic Tale of the Wordsmith
Author : Ryuichi Suzuki
Illustration : Felnemo

プロローグ　～出来損ないのハーレイ～

オルデア王国で暮らしていれば、グルーザー家という名前は嫌でも耳に入ってくるだろう。

代々オルデア王国魔法兵団の重役を担ってきた由緒ある魔法使いの一族で、現当主のドノヴァン・グルーザーは王国魔法兵団長を務めている。その実力は歴代最強最高の魔法使いと評されるほどであった。

何を隠そう、その当主というのが俺――ハーレイ・グルーザーの父親だ。

俺は、そんな偉大な父の最初の息子としてこの世に生を受けた。

グルーザー家は王国生誕の頃からずっと王家を支えてきた。その功績から、いろいろと特別待遇されてきている。

その背景にはあるカラクリがあった。

というのも、グルーザー家の一員として命を授けられた者は、誰もが並外れた魔力量を有して生まれてくるのだ。

優れているのは魔力量だけじゃない。

身体能力についても、凡人を遥かに凌駕する。

ゆえに、グルーザー家の人間は生まれたその瞬間から特別視される。

俺が生まれた時もそうだ。

当然覚えてはいないが、それはもう大変な騒ぎになったらしい。

きっと、誰もがあっと驚くような素晴らしい能力を持っているのだろう、と。なにせ、あのグルーザー家に生まれたのだから。先代同様、バケモノじみた戦闘能力を持った人間が生まれてくるだろう。国中の期待を一身に背負った俺だったが……まさか長いグルーザー家の歴史において初めて生まれた「汚点」となるなんて、夢にも思っていなかった。

発覚したのは五歳の時。

王立学園への入学に向けて、父上とともに鍛錬を始めた時だった。

簡潔に述べるなら——俺は魔法が使えなかった。

風魔法はダメ。

炎魔法はダメ。

水魔法はダメ。

地魔法はダメ。

どれをやらせてもセンスの欠片もない。

何より周囲を落胆させたのは、もっとも優れているはずの魔力量が一般人よりも大幅に劣っていたことだった。

魔力量が人一倍多いからこそ、グルーザー家の者たちは人並み外れた魔法の使い手として活躍できたのだ。

原動力とも言えるそれがないことが決定打となり、俺は家の中で完全に居場所を失ってしまった。

周囲からの視線に怯え、陰口に心が傷つけられる毎日が待っていた。

さらに追い打ちをかけたのが……双子の弟と妹が生まれたことだった。

弟のマシューは俺にはない膨大な魔力量を持っていて、それは父上に匹敵するとまで言われている。それだけにとどまらず、彼は類まれな武術の才を持っていた。魔法だけでなく、剣術も凄まじい勢いで上達していったのだ。

妹のロレインも、マシューに負けず劣らず才能の塊というべき存在だった。剣術の才能はなかったが、五歳にして新たな魔法体系を生みだすなど、そういう方面で天才的な発想を見せていた。

マシューとロレイン。

弟と妹が、その優れた才能で世間から注目をされていくたびに、俺の立場はますます悪化していく。

両親の愛情と期待のすべては、弟のマシューと妹のロレインへ注がれていた。

本来ならば長兄である俺が家を継ぐのだが、特例として次期当主には弟のマシューがつくことになり、それに反対する者は誰ひとりとしていなかった。

次第に、俺は誰とも話さなくなり、心を閉ざした。

身近な世話をしてくれるメイドや執事でさえ、裏で悪口を言ってバカにしているのだろうと信用できなくなっていた。

そのうち、俺は周りからこう呼ばれるようになる。

「出来損ないのハーレイ」――と。

第一章　言語スキル

十歳の誕生日を迎えてから一週間後のある日。

いつものようにひとりきりでの昼食を終えた俺は、日課である午後の鍛錬のため、屋敷の中庭に来ていた。

鍛錬といっても、師がいるわけではない。

本来ならばその道のプロがマンツーマンでみっちりと魔法の使い方を指導してくれるはずだが、俺はこの時すでに両親から見放されており、「教育する価値ナシ」という評価が下されていた。言ってみれば、飼い殺しの状態だったのだ。

それでも、いつか見返してやりたいと、こうして自主鍛錬に励んでいる。

――あと一ヶ月。

一ヶ月経てば、王立の学園に通える。そうすれば、教師のもとでしっかりと学習ができる。

その日を夢見て、俺は午後から剣術の自主鍛錬に励む。ちなみに、午前中は魔法学などの知識を蓄える時間としていた。

「さて……」

まずは剣の素振りから。

鍛錬用の模造剣を鞘から引き抜こうとした――まさにその時だった。

「⁉」

突然、全身が重くなる。

まるで、四肢に巨岩を括りつけられているような感覚だ。

「ぐっ！　がっ！」

まともに言葉も発せられなくなり、とうとうその場に倒れ込む。

正体不明の感覚に恐怖していると、突然高笑いが響いた。

「あっはははははは！　無様ねぇ、ハーレイ。まっ、そうやって地面にうずくまっているのがあんたにはお似合いの姿よ」

妹のロレインだった。

「ロ、レイ、ン……」

「はあ？　ロレイン様でしょ？」

ロレインの表情が険しくなると、それに合わせて俺の体がさらに重みを増す。

ここでようやく理解できた。

俺は……重力魔法をかけられている。

国内でも数名の限られた者しか扱えないとされている高度な魔法だが、ロレインは六歳という幼さでもう使いこなせていたのだ。

「虫けらが生意気に二本足で立ってるんじゃないわよ」

母親譲りのピンク色をした髪をかき上げながら、吐き捨てるように言う。

「うぅ……」

「あらあら、妹の魔法に手も足も出ないの？　ホント情けないわね」

その口調と視線は、明らかに俺を見下していた。

しかし、それに対して俺は何ひとつ反論できない。

力でも魔法でも、妹に太刀打ちできる要素を持っていないからだ。

おまけに、俺はすっかり対人恐怖症となっており、血のつながった妹にさえ「やめろ」のひと言がぶつけられなかった。重力魔法で口が思うように動かないとか関係なく、俺は何も言い返せないのだ。

すると、そこにもうひとりの影が。

「その辺にしておけ、ロレイン」

ロレインにとっては双子の兄で、俺にとっては弟のマシューだ。

「何よ。今いいところなんだから、邪魔しないでよ」

「もう十分だろ」

そう言って、ロレインを止めるマシュー。だが、それは決して妹の乱暴な振る舞いに対してではない。

「次は俺の番だ」

ただ、俺をいたぶる順番が変わるだけだ。

「鍛錬をするんだろう？　だったら俺が相手をしてやるよ——虫けらぁ！」

先ほどまで大人しめの口調だったマシューは豹変。手にした模造剣で俺に襲い掛かってくる。そのスピードもパワーも遥かに俺を超えている。

俺は弟からの猛攻をただ防ぐことだけしかできないでいた。

——が、次第にガードできないほどの威力となり、やがて俺は耐えきれなくなって吹っ飛ばされてしまう。

「ふん！　こんなのが俺たちの兄だとは……虫唾が走るぜ」

「まったくだわ」

疲労とダメージで動けなくなっている俺に、マシューとロレインの容赦ない罵倒が次々と降り注ぐ。

——しかし、そこにようやく助けが入った。

「何をしているんだ！」

怒鳴り声がした方向へ視線を向けると、大柄の成人男性が怒りの形相でこちらへと近づく。

「あら、モイゼス叔父様。ごきげんよう」

ロレインはわざとらしく大袈裟（おおげさ）に礼をしてみせた。

そう。

この人は俺の父であるドノヴァン・グルーザーの弟——つまり、俺の叔父にあたる人物で、名前はモイゼスさんという。

幼い頃から俺のことを気にかけてくれている、唯一の味方と言っていい。

残念ながら、今は遠方で領主をしているため、常時屋敷にいるわけではないが、こうしてうちに足を運んだ時は必ず俺を訪ねてきてくれていた。

「おまえたち……またハーレイに悪さを——」

「まさか。一緒に鍛錬をしていただけですよ。実戦を想定したハードなものだったので少し傷ができてしまいましたが」

マシューは悪びれる様子もなく、ペラペラと嘘を並べる。

それが覆ることなどないと確信しているから。

なぜなら……唯一の味方であるモイゼスさんにも、俺はまったく口が利けなかったからだ。

「そうなのか、ハーレイ」

「…………」

真実を語ろうとしても、口がうまく動かない。

そうこうしているうちに、マシューもロレインも飽きて屋敷へと戻って行ってしまった。

「立てるか、ハーレイ」

「…………」

「！　ハーレイ！」

俺は差し伸べられた手を握り返すことなく、自力で立ち上がって駆けだした。せっかく助けてくれたモイゼスさんに対しても、俺はなんて言ったらいいのか分からなくて逃げだしてしまったのだ。

こんな惨めな毎日が、俺の「日常」だった。

そんな生活がさらに数年続いたある日のこと。

俺の人生は大きな岐路を迎えることとなった。

あれから月日が経ち、俺は十四歳になった。

オルデア王立学園に通い、専門知識や技術を学べるようになったものの、根本的な部分は何ひとつとして変わらなかった。

妹のロレインからは実験道具として、弟のマシューからは鍛錬用の動く木人形として扱われる毎日。両親は両親でまったく俺に関心がなく、もはや認識は置物も同然だ。

学園では最大限の努力をした結果、好成績を収めることができていた。魔法に関しては相変わらずからっきしだったが、剣術などの格闘関連の技術は着実に伸びていった。

……ただ、やはり、人とのコミュニケーションが苦手ということが災いし、友人はひとりもできなかった。

このまま、俺は何もできずに一生を終えるのか。

そんな漠然とした不安が募っていく日々。

しかし、それはなんの前触れもなく突然終わりを告げた。

その日、俺は父の書斎へ呼ばれた。

特に怒られるようなことをした覚えはないが……まあ、お小言だろうな。どうせ、マシューかロレインがやらかしたヘマを俺に押しつけたってところか。

うんざりしてため息を漏らしているうちに、書斎の前まで来た——その時だった。

「どういうつもりですか、兄上！」

静かな廊下に響き渡る室内の怒鳴り声。

……あの声は、モイゼスさん？

俺は入室を一旦やめて、中の会話に聞き耳を立てる。

「一体なんの騒ぎだ、モイゼス」

「とぼけないでください！　ハーレイのことです！」

えっ？

口論のもとは俺なのか？

「なぜ成績優秀なハーレイが学園を去らなくてはいけないのですか！」

「⁉」

モイゼスさんの言葉に俺はひどく動揺した。

学園を去る？

それってつまり……退学ってことか？

何も悪いことはしていないはずなのに。

ショックのせいで足元がふらつき、ドンと壁にもたれかかる。その音で、部屋の中にいるふたりに俺の存在が知られてしまった。

「外にいるのはハーレイだな？　ちょうどいい。今おまえのこれからについて話をしていたところだ。入ってこい」

誤魔化しはきかないと判断し、俺は部屋の中へと入る。

「ハーレイ……」

困惑した瞳で俺を見つめるモイゼスさん。

一方、執務机に肘をつく父はいつもと変わらないしかめっ面(つら)だった。

「…………」

俺は追及したかった。

さっきの話の真相を。

確かに、マシューやロレインに比べたら劣っている。それでも俺は努力をして、グルーザーの名を汚さないように努めてきた。

「話は聞いたな。おまえは明日から学園に通わなくていい」

「っ！」

俺はその理由を尋ねたかった。

しかし――声が出ない。

ここに至って、俺は俺自身を縛る鎖にすべてが封じられていた。

見かねたモイゼスさんが代わりに父へ詰め寄る。

「ハーレイはよくやっています！　苦手だった剣術も驚くほど上達した！　教師たちからの評判だって上々のはず！」

「ああ。知っている。――だが、ハーレイは魔法を使えない」

「⁉」

そのひと言で、モイゼスさんの語る反論のすべてがねじ伏せられた。

……やっぱり、それが決め手だったか。

この国には国防を司る組織がふたつある。

ひとつは父が団長を務める王国魔法兵団。

もうひとつは王国騎士団だ。

このふたつの組織は「どちらがより国家に貢献しているのか」という理由から、長らく権力争いをしていた。国を守るのに上も下もないと思うのだが、幹部たちにはそういう認識がないらしい。

そうした事情から、父はこの王国騎士団を毛嫌いしていた。

王国に貢献しているのは自分たち魔法兵団であるという気持ちが強く、さらに魔法を使えない彼らを思いっきり見下していた。

だから、魔法が使えず、さらに学園での成績が魔法学より剣術の方が上だったという点も、父上の怒りを買っていたのだろう。

「そんな……それだけの理由で！」

モイゼスさんは驚きと怒りで震えていた。

しかし、父上の表情は変わらない。

「それ以上の理由が必要か？　それとも――おまえはハーレイに同情しているのか？」

「なっ⁉」

父上からの問いかけに、モイゼスさんの顔色が変わる。

俺ほどではないが、モイゼスさんも魔法の扱いが苦手であった。だから、歴代でもトップクラスに優秀な兄である父といろいろ比較されていた過去がある。

だから……昔からマシューとロレインのふたりと比べられる俺に優しくしてくれたのだろう。父上の言う通り、同情という気持ちは含まれていたと思う。

動揺を隠せない様子のモイゼスさんへ、父は驚くべき提案を持ちかけた。

「そこまでハーレイが気になるなら――養子としてくれてやる」

「よ、養子⁉」

モイゼスさんが叫ぶ。

だが、父上は相変わらず冷めた態度で続けた。

「おまえのところにはまだ子どもがいなかったな？　ファルゲン地方――王国最小の領地とはいえ、そこを治める身としては、若くて健康な後継者は喉から手が出るほど欲しいはずだが？」

「っ⁉」

モイゼスさんにはホリーさんという奥さんがいる。

しかし、そのホリーさんは体が弱く、それも影響してか、結婚して十年以上経つが未だに子どもができなかった。

魔法使いとしての才がなかったモイゼスさんは、オルデア王国でもっとも小さいファルゲン地方の領主となり、そこで出会ったホリーさんと結婚して静かに暮らしている。

だが、残念ながら子宝に恵まれなかった。

ホリーさんはそのことをかなり気にしていたようだが、当のモイゼスさんはそんな奥さんをずっと励まし続けていた。

こういった事情から、モイゼスさんは即答できずにいた。

表情からは葛藤が見て取れる。

妻を悪く言われたことへの怒りと、突然つきつけられた養子話──混乱して当然だ。

「……なぜ、急にそんなことを？」

「そうか。おまえにとっては急な話だったな。──だが、俺は前々から今の件について計画していたんだ。ハーレイをおまえのところへ養子に出す、と」

それは初耳だった。

情報処理が追いつかない俺たちふたりにはお構いなしに、父は話を進めていく。

「次期当主には魔法使いとしての資質に優れた弟のマシューを考えている。ゆえに、魔法使いとして秀（ひい）でた力を持たず、それどころかまともに話すこともできないハーレイは……うちには不必要だ」

「兄上！」

「そう熱くなるな。そもそもこれはハーレイにとっても悪い話ではない」

父の視線が、真正面に立つモイゼスさんから俺へと移る。

「どうだ、ハーレイ？　新しい環境で一から始めてみる気はないか？　……その方が、これ以上辛い想いをしないで済む」

……ようはお払い箱ってわけか。

それっぽい言葉を並べていても、父の目は冷めている。

「消え失せろ」——口にしなくても、視線がそう語っていた。

父は己の利益とならない者に容赦がない。それはたとえ血を分けた息子であっても変わらなかったのだ。

「ハーレイ……」

今度はモイゼスさんがこちらを向く。

その瞳には怒りや悲しみといった感情が交じり合って複雑なものとなっていた。

ひとつ深呼吸を挟んでから、ゆっくりと俺に近づき、

「俺と一緒に来る気はあるか？」

そう尋ねた。

……究極の選択だ。

どちらの答えを選んでも、俺の人生にとって多大な影響を及ぼすのは明らかだが、プラスに働くのはどう見てもモイゼスさんの方だ。

俺は「モイゼスさんのところへ行きます」と叫びたかった。

しかし、こんな時になっても、俺の口は言葉を発することを拒んでいる。

ずっと俺を心配してくれていたモイゼスさんに感謝の気持ちを伝える意味でも、まったく声が出せない――「ついていく」というたった五文字が言えないのだ。

それでも、なんとかして意思を伝えたかった。

言葉を出せないなら、行動で示すしかないと判断した俺は、モイゼスさんをジッと見つめながら何度も頷いた。

必死ではあったが、同時に俺は自分自身に嫌気がさした。

俺を心配してくれる優しいモイゼスさんへ気持ちを伝える時にさえ、言葉を発することのできない自分自身に苛立ちを覚えたのだ。

「ハーレイ……」

「決まりだな」

それでも、俺の気持ちはふたりにしっかりと届いた。

「モイゼス、おまえにハーレイを任せよう。諸々の手続きはこちらでやっておくから、明日にでもファルゲン地方へ連れて行ってくれ」

「……分かりました」

モイゼスさんが静かにそう告げたことで、養子に出されることが正式に決まる。

俺が部屋に入ってこの結論に至るまで、五分とかかっていない。

それでも、このわずかな時間で俺の人生は大きく変化した。

代々要職に就いてきた魔法兵団ではなく、王国の隅っこにある辺境領主のもとへ。

これだけの情報ならば、追いだされたと思われるが、俺にはこれ以上ないくらいその言葉が魅力的に聞こえる。

「分かったのなら、今すぐ部屋に戻って旅の支度をしろ。モイゼスの乗ってきた馬車なら大抵の物は積み込めるはずだ」

この家に住んでいた痕跡をひとつも残すな——父上は遠回しに俺へそう伝えた。そこへさらにモイゼスさんが情報を追加した。

「着替えはこちらでも何着か用意できるから、学園に関係する制服や教科書は忘れずに持ってくるんだ。他に必要な物があれば、自分の判断で用意してくれ」

アドバイスをくれたモイゼスさんの表情から迷いが消えている。

最初は半ば強引ともいえるやり方で俺を養子として迎えることとなったが、今ではもう受け入れる覚悟を決めたらしく、強い意志がのぞき見える眼差し(まなざし)を俺に向けている。

……俺の方も、腹を決めよう。

どうせこのままここに居続けても、事態は好転しないだろう。

一から環境を変えてやり直す……モイゼスさんとなら、それができるかもしれないという希望が湧いてくる。

その気持ちに応えるべく、俺はできる限りに自然な笑顔で頷いた。

俺が笑ったことで、モイゼスさんもホッと安心したように肩をすくめる。

さあ、残された時間は少ない。

早く部屋に戻って、荷造りをしないとな。

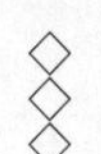

運命の夜が明けた。
モイゼスさんの用意してくれた馬車に乗り、生まれ育った屋敷(やしき)を離れてファルゲン地方を目指す。
見送りが使用人を含めて誰ひとりいないことにモイゼスさんは憤慨していたが、俺としては「だろうな」って感じだ。ロレインやマシューは絶対に来ないだろうし、使用人たちの見送りについては父上から止められているのかもしれないけど。

出てくる時のひと悶着で少し気分が暗くなったけど、馬車の窓から見える景色を眺めているうちにそれは消えていった。

雲ひとつない快晴の空。

遮蔽物のない広々とした草原。

これまでに見たことのない光景がそこにあった。

思えば、屋敷から外へはほとんど出たことがなかったからな。父上の仕事の都合で王都を訪れることもあったが、その時は外の眺めなんてまったく気にしなかったのに……いつもと心境が違うからそう感じるのだろうか。

ファルゲン地方へ差し掛かると、周囲の様子はさらに変化する。

「どうだ？　いい雰囲気だろう？」

「…………」

モイゼスさんにそう尋ねられた俺は何度も頷き、馬車の窓の向こうに広がる景色を眺める。

先ほどまで何もなかった草原に、ポツポツと民家らしきものが見えてくる。やがてそれがいくつか集まり、小さな村を形成していた。そこにはゆっくりと回る風車に放牧された家畜たちがいて、なんとも牧歌的な空気の漂う場所となっている。

それと……遠くに見える山にもいくつか建物が見えるな。正確な数は分からないが、もしかしたら鉱山なのかもしれない。

やがて、背の高い木々に囲まれた深い森へと入っていく。

その中を進んでいくと、草原にあったのとは別の村が見えてきた。

「ここはリーン村といってね。小さな村ではあるが、なかなか活気があるんだ。村長のオリバーは元騎士団の副団長を務めた男で――っと、ちょっと止まってくれ」

村のことを説明してくれていたモイゼスさんが馬車を止める。

「すまない、ハーレイ。ちょっと待っていてくれるか？」

慌てた様子で馬車を降りると、何やら集まって話し合いをしている農民や木こりたちへ気さくに話しかけていった。彼らはモイゼスさんの来訪を喜んでいるようで、何やら報告をしているように映る。

……これが、モイゼスさんの魅力だな。

誰の懐にもスッと入っていける――正直、うちの父親と兄弟とは思えない。

しばらく村人と話して戻ってきたモイゼスさん。

しかし、その顔はあまり冴えなかった。

「うーん……」

馬車に戻って腰を下ろすなり、腕を組んで唸る。その姿を見つめていると、俺が気になっていることを察したモイゼスさんは事情を説明してくれた。

「最近、この辺りの森に棲みついたモンスターが悪さをしているようなんだ。今のところ人に危害を加えたという事件は起きていないそうだが……とりあえず、村を囲うバリケードを強化する必要があると考えてはいるが、それに必要な資材をどうやって調達したものかと迷っていてな」

モンスターによる被害、か。それは確かに怖いけど……この村に興味を抱いた俺は、いつかもう一度足を運んでみたいと思った。

——ここだけじゃない。

馬車で帰路を進むうちに、さまざまな風景を目の当たりにした。そのどれもがこれまでに見たことのないものばかりで、もっといろんな場所へ行きたいと思わせてくれた。

春の長期休校中である学園が再開されるまで残り三週間。

始まったら寮生活になるから、それまでにこのファルゲン地方を出来る限り見て回りたいものだ。

「っと、寄り道をしてすまなかった。長い移動で疲れただろうが、ここまで来れば屋敷まではあとちょっとだから」

モイゼスさんの言う通り、馬車が出発してから十分ほどで屋敷に到着。

敷地内へ入ると、すぐに大勢の使用人が集まってきた。主人であるモイゼスさんが馬車から降りると、ひとりひとりが「おかえりなさいませ」と頭を下げ、それからすぐに馬車から荷物を下ろしていく。

そのうち、メイドのひとりとバッチリ目が合った。

「あら？　あなたは……ハーレイ様？」

「…………」

ここへ来てもまだ声が出ない。

すると、そこにモイゼスさんがやってきて、「この子のことはあとで説明するから」と言って遠ざけた。それから、屋敷の中へと入ったのだが――てっきり、奥さんであるホリーさんのもとへ向かうと思ったのだが、どうやら違うようだ。

「君に会わせたい人がいるんだ」

そう言って、モイゼスさんはある部屋へと俺を案内した。

「ガスパル、遅くなってすまない」

部屋に入るなり、モイゼスさんはそこの主と思われる人物の名を呼ぶ。

「ほっほっほっ。お気になさらず。待っている間、この陽気につられてしまい、ちょいとうたた寝をしておりましたわ」

現れたのは白髭を蓄えた年配の男性で、名前はガスパルさんというらしい。

「その様子ですと、帰りに村へ寄ったのではありませんか？」

「ははは、さすがに鋭いな。困っていたようなのでつい、な。悪かったよ。――悪かったついでにもうひとつ。今日の予定は変更だ」

「と、いうと？」

ガスパルさんが首を傾げると、モイゼスさんは俺を彼の前へと連れだす。

「紹介しよう、ハーレイ。うちで庭師をしているガスパルだ」

「ハーレイ様？　ドノヴァン様のご子息がなぜここに？」

「話せば長くなるが……それより、以前言っていたアレをやってくれないか？」

「おおっ！　そうでしたな！　しばしお待ちください！」

ポン、と手を叩き、小走りで部屋の奥へと向かうガスパルさん。何やら準備をしているようだが……気になっていると、モイゼスさんがそれを察して説明をしてくれた。

「ガスパルはかつて冒険者ギルドでスキル鑑定士をしていてな。手に入れたスキルを身につけさせることができるんだ」

あの人……スキル鑑定士だったのか。

スキル。

魔法兵団は魔法を使う。

騎士団は剣術を駆使する。

それ以外にも、スキルを駆使して戦う者たちがいる。

スキルとは、特殊なアイテムを経由して身につけることができる特殊能力だ。身体能力を向上させたりするなど、体力を回復させたり、魔法や鍛錬で補えるものをその能力で補助する役割を果たすことが多いとされている。

魔法兵団や騎士団の人間は、それらスキルを手にすることはない。伝統や格式を重んじる両組織にとって、修行の積み重ねを必要としないスキルはいわゆる「外道」扱いをされていた。簡単に便利な力が入るという事実が、そういう認識を生んでいるらしい。

だから、俺も今日までスキルとは無縁の生活を送ってきた。父は特にこのスキルってものを見下していたからなぁ。

でも、今は魔法兵団を離れ、領主として暮らしているモイゼスさんには関係ないようだった。

「以前の伝手を頼りに、旦那様が望んでおられたスキルを仕入れておきました。幸い、使用できるシーンが限定されるものですのであまり人気はなく、他に比べて入手は容易でしたよ」

部屋の奥から戻ってきたガスパルさんの手には、水晶玉があった。

「ほぉ……それが例のスキルか」

「はい。お望みの品──言語スキルです」

言語スキル……？

聞いたことがない。

しかし、モイゼスさんは「よくやった！」とガスパルさんの肩を勢いよくバシバシと叩いていた。それを嬉しそうに受け止めていたガスパルさんだが、その視線はゆっくりとこちらへと向けられる。

「ハーレイ様……この言語スキルをあなた様に授けたいと思います」

「⁉」

なんとなくそうじゃないかとは思っていたけど……その言語スキルとやらは、俺のために探してくれていたスキルらしい。

「この言語スキルとは、元々商人たちが交渉を優位に進めるために重宝されていたスキルです。己の話術をより向上させる目的で使用されるのですが……あなた様の場合は、自然と会話ができるようにするため、この言語スキルを身につけた方がよいでしょうな」

ガスパルさんはそう説明した。

なるほど……そういうことだったのか。

それがあれば、俺はもう言葉に詰まらなくていい。悩まなくていい。つまり、普通に話せるようになるってことなのか？

もしそうだとするなら……是非ともそのスキルが欲しいと俺は強く願った。

「興味津々という顔ですな、ハーレイ様」

ニコッと微笑んだ後、ガスパルさんは部屋の中央に設えられた丸テーブルの上に水晶玉を置いた。

「それでは早速、スキル付与の儀式を始めましょうか」

も、もう始めるのか……緊張してきたな。

「スキル付与の儀式をこうして直接自分の目で見るのは初めてだ」

「ほっほっほっ！　貴族の方には——特にグルーザー家の方には無縁でしょうからなぁ」

未だに呆然としている俺を置いて、準備は着々と進んでいく。途中、モイゼスさんは真剣な眼差しで俺を見つめながら最後の確認のための質問を投げかけた。

「……順番がおかしくなったが――おまえはもう一度話せるようになりたいか？」

その質問に対し、俺は間髪容れず頷いた。

幼い頃から優れた才能を持つ弟と妹のふたりと比べられ、周囲からの視線に恐怖し、誰とも話せなくなってしまった俺が……また話せるようになる。あきらめかけていた夢が叶うかもしれないというなら、断る理由なんてどこにもなかった。

「よし……始めてくれ、ガスパル」

「かしこまりました」

モイゼスさんからの命を受けたガスパルさんは、丸テーブルの上に置かれた水晶玉へと手を添える――直後、それは突然青白く発光し始めた。

「鑑定士のスキルを持つワシでなければこうはなりませんぞ」

「な、なるほど……」

「それでは、ハーレイ様――こちらの水晶に手をかざしてください」

「…………」

言われるがまま、俺は青白い光を放つ水晶へと手をかざした。

すると、水晶からまるで蒸気のような煙がたちのぼり、それは次第に広がって俺の体を包み込んだ。

不思議な感覚だ……しかし、嫌悪感はない。

むしろ、心地よい温かさに全身が包まれ、心の奥底から力が湧いてくるような感じがした。

確実に俺の中で何かが変化している。

それだけは実感できた。

「いかがですかな?」

経験のない感覚に浸っている間に、スキル付与の儀式は終わったらしい。

「うーむ……見た目にこれといった変化はないようだが……」

顎に手を添えて、俺の全身を見回しながら言うモイゼスさん。

——その時、

「俺も、特にこれといって変わったところはないように思います」

口から自然と言葉が流れ出ていた。

「!?」

俺とモイゼスさんはたまらず顔を見合わせる。それから、ふたり揃ってガスパルさんへと視線を移すが、当人は満面の笑みを浮かべながら親指を立てていた。

「どうやら、大成功のようですな」

「す、凄い……どれだけ頑張っても声が出なかったのに……」

長年苦しめられていた「言葉が出ない」という悩みが、こんなにもあっさりと解決するなんて……本当に信じられなかった。

「やったな、ハーレイ！」

まるで自分のことのように大喜びして俺を抱きしめるモイゼスさん。

「……モイゼスさん」

「うん？　なんだ？」

振り返ったモイゼスさんへ、俺は力の限り叫んだ。

「ありがとうございます！」

これまで、伝えたくても伝えられなかった感謝の気持ち。

その言葉を口にした途端、自然と涙がこぼれ落ちた。

今回のことだけじゃない——全部だ。

マシューやロレインからボロクソに言われ、蔑まれた時も、父に理不尽なお説教を食らった時も、俺を励まし続けてくれたことに対して——そのすべてに対しての感謝の言葉だった。

それを受けたモイゼスさんは「おう！」とだけ言っていつものように笑ってくれた。

っと、そうだった。もうひとりお礼を言わなくちゃいけない人がいたな。

「ガスパルさんも！　ありがとうございます！」

「いえいえ、ワシはほんのちょっと力を貸しただけですよ」

謙遜するガスパルさんだが、彼のスキル鑑定士としての力がなければ、こうはならなかった。そういう意味では、彼もまた恩人のひとりだ。

「さて、それじゃあ改めてみんなにハーレイを紹介するか」

「紹介？　……あっ」

話せるようになった嬉しさでついつい忘れてしまっていたけれど、俺は今日からここで暮らすんだった。使用人たちにはまだろくに挨拶もできていないし、これを機にいろいろと話して俺という人間を知ってもらおう。

……なんだろう。

話せるようになったからか、思考が前向きになっているな。ほんの十分前だったらそんなこと思いつきもしなかっただろうに。いくらなんでも単純すぎやしないか？

でも、まあ、それは喜ぶべき変化だと思う。

これからもまだまだ増えていきそうだし、慣れていかないとな。

それから、屋敷にいるすべての人に、俺がこちらへ養子に入ったことをモイゼスさんの口から直接語られた。

もちろん、とんでもない大騒ぎに発展する——かと思いきや、意外とみんなすんなりと受け入れていた。というか、どちらかというと俺が普通に話せるようになったことへの驚きの方が大きかったな。

ちなみに、奥さんであるホリーさんは現在体調不良のため自室にて休憩中らしい。

今回のことは前日に使者をひと足先にここへ向かわせたため、養子の件は知っているだろうというが……念のため、少し時間をおいてから訪ねることにした。

それにしても、こちらの屋敷の使用人たちは冷静だな。いくら兄弟とはいえ、貴族の間での養子話など、本来ならこんなトントン拍子に進む話じゃない。

「どういうことだ！」とか「信じられない」とか、もっとこう、動揺してもよさそうなものだが……なぜこうも落ち着いて受け入れられているのか。

不思議に思っていたら、ひとりのメイドが事情を教えてくれた。

俺の私室となる部屋へ案内してくれたそのメイド——マノエルさんはこう語った。

「旦那様はずっとあなたのことを心配しておりました」

「俺のことを？」

「はい。いつも本家から戻られると、奥様はもちろん、私たちメイドや庭師のガスパルさんにも『兄上はハーレイを冷遇している！』と憤慨しておられましたから。いつかこうなるのではないかと使用人たちは予想しておりました」

なるほどね……普段からモイゼスさんがそう口にしてくれていたから、あんなに反応が薄かったのか。それもどうなんだと思いつつ、すでに運び込まれている荷物をマノエルさんにも手伝ってもらいながらチェックしていると、あっという間に夕食の時間となった。

「それでは、ご案内いたしますね」

優しげなマノエルさんの声に導かれるまま、俺は部屋を出る。等間隔に設置された窓の並ぶ廊下を歩き、突き当たりを左に曲がってすぐの部屋――そこが目的地だ。

「こちらになります」

一歩下がって、マノエルさんがそう告げる。俺はその部屋の扉をノックした。

「どうぞ」

中から聞こえてきたのは女性の声だ。――この声を聞くのも久しぶりな気がするよ。

「ふぅ……」

深呼吸を挟んでから室内へと足を踏み入れる。

そこには一組の男女がいた。

ひとりは俺をここまで導いてくれたモイゼスさん。そのかたわらにあるイスに座っている女性――この人こそ、モイゼスさんの奥さんであるホリーさんだ。

「！　ハーレイ……」

俺の顔を見た途端、驚きの表情を浮かべたホリーさん。その反応の良さと顔色を見る限り、体調は良くなっているようだ。ホッとひと安心した俺は、ふたりの近くまで歩み寄ると胸に手を当てて頭を下げた。

「父上。母上。至らぬことの多い息子ではありますが、これからよろしくお願いします」

「!?」

ホリーさんは俺が喋(しゃべ)っている姿を初めて目(ま)の当(あ)たりにする。そこからくる衝撃はあるのだろうが……やっぱり「母上」と呼んだことに相当な驚きがあったようで、瞳が潤んでいた。

「ハーレイ……」

モイゼスさんも感極まったようで、最終的に俺たちは三人で抱き合った。

その後、しばらく動けないでいた俺たちだが、マノエルさんたち使用人の方々が料理を運んできたのをきっかけに三人で夕食をとることになった。

飛びだすのは楽しい会話。

そんな中で、モイゼスさんからホリーさんもずっと俺のことを気にかけていたことを明かしてくれた。

ホリーさんがあの屋敷に来たのは一度きり。

もう何年も前の話だが……その際に俺が庭園を案内したことを覚えていたらしい。

——あの頃はすでに他人との会話が困難になっていたが、なぜかホリーさんには恐怖感を覚えなかったのをよく覚えている。

とはいえ、やはりあの時も俺はホリーさん——いや、母上に声をかけることはできなかった。それでもふたりは一緒に庭園を歩いてくれた。

「あの時はビックリしたわ」

「えっ？　何がですか？」

「ハーレイったら、本当にひと言も話さないんだもの」

「うっ……」

「はっはっはっ！　俺もまったく同じことを思ったよ。だからこそ、こうして話しているのが今でも信じられないな」

「ち、父上まで！」

「っ！　……そうか。父上か」

噛みしめるように呟くモイゼスさん改め父上。

今にも泣きだして嗚咽が漏れそうなくらい、口元がプルプルと震えていた。

こうして、新しい母上と父上のふたりと一緒にとる初めての夕食はとても楽しいひと時となったのである。

いつまでもこんな日々が続いていってもらいたい。

俺は心からそう思うのだった。

第二章　サーシャ・レヴィングという少女

翌日。

朝食を終えると、俺は春休み中に出されている学園の課題に取り組んだ。

それが終わったら、今度は剣術の鍛錬へ。

ちなみに、指導役は父上が名乗り出てくれた。そういえば、前の家にいた時も、よく相手をしてくれたっけ。

昼食後はその父上に誘われて一緒に外出。

目的はふたつ。

ひとつは父上が治めるファルゲン地方を見て回ること。

そしてもうひとつは——俺が屋敷へ来る途中に立ち寄ったあの村にモンスター対策として設置してあるバリケードの強化用資材を届けるためだった。

本来は屋敷周りの強化に使うためだったらしいが、すぐに手に入りそうにないため、先に村の人たちへ資材を渡すのだという。

「うちの周りは範囲も狭いし、結界魔法を強化すればいい」

と、父上は語っていたけど……それはそれでなかなか大変そうだ。

ちなみに、父上は資材を渡す際に俺を村人たちに紹介するつもりらしい。

村へ到着すると、早速村人たちが集まってくる。

そこへ、俺と父上が降り立つと、領主と共に現れた見知らぬ若造を目にし、みんな一斉にポカンとしていた。昨日ここへ寄り道した時は顔出ししなかったし、この反応はしょうがないか。

「紹介しよう。俺の息子のハーレイだ」

ここでも、父上は使用人たちにしたような軽いテンションで紹介をする。

しかし、使用人たちとは違い、事前情報が何もなかった村人たちは大きく動揺し、村は一時騒然となった。

ところが、ある程度の時間が経過すると、村人たちは「まあ、モイゼス様だしなぁ」となぜか納得し、落ち着きを取り戻していた。こういうハチャメチャな言動は前から見せているらしい。

その後、父上は馬車数台分にわたる資材を村人たちへ与えた。

驚いたのは、その搬入作業に父上自身が加わっていたこと。本来、貴族という立場の者がこういう力作業に汗を流すなんてことはないのだが、父上は積極的に参加していた。その行動に触発された俺も、気づいたら一緒になって汗を流していたのだった。

ひと段落つくと、村人たちと一緒に休憩を取る。そこへ、村の奥様たちが特産品だという果実を持ってやってきた。

それは球体で、手の平にすっぽりと収まるサイズをしており、燃え盛るような炎のように赤い皮に覆われている。

父上や村人はそれを手に取るとそのままかじりついた。これが正しいこの果物の食べ方らしい。

というわけで、俺もマネをして食べてみる。シャリシャリとした食感に加え、瑞々しくてとても甘い……労働で火照った体に必要な物が全部詰まっているって感じだな。

「どうだ？　体を動かした後に食べる果物はうまいだろ？」

「はい！」

俺が元気に答えると、父上は満足そうに「そうかそうか」と頷いていた。

休憩を終えると、次はバリケードづくりに参加。俺も木を切ったり、縄で縛ったり、父上と共に作業に汗を流した。

「ハーレイ様、お疲れ様です」

「本当に助かります」

村人たちから次々と贈られる感謝の言葉。それらにこそばゆさを感じながら、俺は初めて他人とかかわれていることに喜びを覚えていた。

俺たちが作ったバリケードは村の外側――つまり、モンスターの出没する森の方へ出なければいけないのだが、それはさすがに危険ということで村人たちが中心となって行われることとなった。

「よし。こんなところか」

「モイゼス様、ハーレイ様、本日は朝から本当にありがとうございました。ただいま昼食ができあがりましたので、どうぞお召し上がりください」

「助かるよ。もう腹ペコで倒れそうだ」

「俺も同じですよ」

父上と揃(そろ)ってお腹(なか)を押さえながら訴える。

それから、村人たちと一緒に昼食をとったのだが、これも他では聞いたことのないやりとりだ。少なくとも、元の家では絶対にあり得ない光景だろう。

食後はお茶を飲みながらまったりしていたが、俺は少し辺りが気になったので探索してみることにした。

「父上、村の様子を見て回ってもいいですか？」

「分かった。俺はあそこにあるオリバー村長の家にいるから」

父上に断りを入れてから、完成途中のバリケードの方へと向かった。

モンスター。

名前こそ知っているが、この目でその姿を見たことは一度としてない。

もちろん、危険性は重々承知しているが、バリケードの内側からその姿を確認できるかもしれないという好奇心もあった。

そんなことを考えつつ、俺はバリケードを見張っている村人へ話しかける。

「お疲れ様です」

「ハーレイ様？　いかがなされました？」

「ちょっと森の様子を見てみたくて」

「今のところ、特に異変は――あっ！」

森へ視線を移した村人は、何かを発見したらしく、一点を見つめて叫んだ。

「何かありましたか？」

「お気をつけください、ハーレイ様……あそこの木の陰にゴブリンが二匹います。どうやらこちらの様子をうかがっているようですね」

村人が小声で教えてくれた場所。

そこには、木の幹からわずかに顔を出している二匹のゴブリンの姿があった。

——しかし、その姿は俺の想像しているものとはだいぶ違う。うまく説明ができないけど……あの二匹のゴブリンからは敵意を感じないというか、怖くないのだ。

「ちっ！　薄気味悪いモンスターどもめ！」

やがて、伐採に使う巨大な斧を手にした偉丈夫が俺たちの前に出た。

彼の名はダナンさん。

村でも一、二を争う腕っぷし自慢だそうで、この村の自警団を務める猛者だった。

「下がっていてください、ハーレイ様。あんな小物、軽くぶった切ってやりますよ」

「やっちまえ、ダナン！」

「悪さできねぇように懲らしめろ！」

戦闘態勢に入ったダナンさん。

しかし、その姿を見たゴブリンは慌てた様子で森の奥へと逃げ帰った。

「けっ！　腰抜けが！」

結局、戦うまでもなくモンスターを追い払った——が、

「うん？」

何かが聞こえた。

最初は気のせいかと思ったが、念のため耳を澄ませると、

「────」

かなり遠くから聞こえたけど、たしかに人の声だ。

しかもなんだか切羽詰まっている感じ──それこそ、誰かに襲われているような逼迫した声に聞こえた。

「どうかしましたか、ハーレイ様」

「……声だ」

「えっ？」

「こっちの方から聞こえたぞ！」

「えっ⁉　ちょっ⁉　ハーレイ様⁉」

ダナンさんの声に耳を貸さず、俺は全力ダッシュで声のした方向へと急いだ。

「確か、この辺りから聞こえた気が──っ！」

猛然とダッシュしていた俺は、急ブレーキをかけて木の陰に身を潜める。

進行方向には馬車があった。その馬車は横転し、剣を構えた兵たちの姿が飛び込んでき

た。

彼らの前にはオークがいる。目に見える範囲で五匹。さらには十を超す数のゴブリンもいた。先ほど目撃したゴブリンたちとは身体の特徴が一部異なるため、恐らく別個体になるのだろう。

俺はもう少し様子をうかがうため、接近を試みた。

すると、コツンとつま先に何かが当たる感覚が。

「!?」

思わず叫びそうになったが、なんとか耐えた。俺のつま先にあったのは、血だらけで倒れている兵士だ。どうやら、馬車を襲っているモンスターにやられたらしい。

そのうちのひとりへと近づき、声をかけてみるが返事はない。うつ伏せになったまま動かないが、まだ息はある。しかし、これ以上の戦闘は無理だろう。

「…………」

息を殺して、俺はオークたちへと近づく。

情勢は人間側が圧倒的に不利――全滅は時間の問題だろう。

それでも……このまま放ってはおけなかった。

「やるしかないか……」

覚悟を決めた俺は、一番手近にいるゴブリンへ斬りかかった。

「ぐげぇ！」

ありったけの力を込めてゴブリンを斬る。その一撃が致命傷になり、間抜けな断末魔をあげたゴブリンは黒い霧となって消滅した。

『な、なんだぁ？』

『あっ！　に、人間のガキだ！』

『ちくしょう！　よくも仲間を！』

『こいつ――げあっ⁉』

間髪容れず、もう一匹を斬り捨てる。俺が言うのもなんだけど、敵を前にして喋り過ぎた。

……喋り過ぎ？

あれ？

モンスターって、人間の言葉を話せたのか？

『バカ野郎！　相手は人間のガキひとりだ！　さっさと殺せ！』

――って、考えている暇はない。とりあえず、手近なヤツから片づけていこう。

「せいっ！」

「べあっ⁉」

「ぐあっ⁉」

今のヤツで四匹目。

これで残るは一匹だが——なんだよ、思った以上にやれているじゃないか、俺。

日頃から剣術の鍛錬を積んでいてよかった。こんな形で役に立つとは夢にも思っていなかったよ。魔法が一切使えなくたって、こうして誰かの助けになることができるじゃないか。俺が今まで積んできた鍛錬の数々は決して無駄じゃなかったのだと実感し、感動で打ち震えていた。

一方、突然乱入した俺を見た兵士たちからは驚きの声があがる。

「な、なんだあの子どもは⁉」

「あっという間にゴブリンを三匹も仕留めたぞ！」

「俺たちも負けちゃいられないな！」

敵の数が減ったということもあるのだろうが、こちらの戦いぶりを見て兵士たちの士気も上がったようだ。

兵士たちは五匹のゴブリンたちへ最後の力を振り絞って挑んでいく。夢中で気づかなかったけど、まだ他にもモンスターはいたのだ。

あちらは彼らに任せて、俺はオークとの戦いに集中しよう。

『このガキ！　調子に乗るなよ！』

「わっ！」

オークの一撃が体をかすめる。

危なかった……もうちょっと反応が遅れていたら真っ二つになっていたぞ。戦いの場ではわずかな油断が死を招くって本当だな。

「――うん？」

その時、俺はある違和感を覚えた。

オークといえば、その体は緑だったり茶色だったり、地味な色をしているのが普通なんだけど、このオークは全身燃えるような赤色だった。

《赤オーク》とでも呼べばいいのだろうか。

ゴブリンもそうだ。

全身が赤い。

さっき村を覗(のぞ)き見ていた二匹は全身がグレーだった。これが、先ほどとは別個体だろうと判断した要素だ。

ともかく、さすがに、実戦――生きたモンスターを相手に戦うっていうのは、鍛錬とわけが違う。当たり前だけど、相手の行動を注意深く観察して動かなければならない。ヘマをしなけりゃ、さっきのゴブリン相手と同じく簡単に倒せるはずだ。

――と、思っていたが、

『ぬりゃっ！』

「うおっと！」

どうもこのオークはそう簡単にいかない相手のようだ。力任せに棍棒(こんぼう)を振り回し、俺を間合いへ入れようとしない。その間に、ゴブリンがジリジリと俺との距離を詰めにかかる。

『くそっ！　すばしっこいガキだ！』

「それで翻弄しないと勝てそうにないしね」

『生意気な――ん？』

オークの動きが突如止まった。

『おいおまえ……俺様の言葉がわかるのか？』

「うん」

『いや……モンスターの言葉が理解できる人間なんて聞いたことがねぇ。――さては、おまえ亜人とのハーフか？』

なんか、俺の中にあるイメージ上のオークとはだいぶ印象が異なるな。

オークといえば、もっとこうバカっぽくて、理屈とかより本能を優先させる感じだったけど、こうして言葉を交わしてみると意外と知的なヤツだと分かった。

……今はそんなことどうでもいいけど。

『どうなんだ⁉　おまえの片親はエルフか⁉　それともドワーフか⁉』

「いたって普通の人間だよ」

性格は最悪だったけど。――あっ、今の父上と母上は最高だけど。

『ば、バカな……そんなはずが……』

オークは言葉を失っている。ゴブリンも同様に、「まさか……」と呟いたっきり動きを見せていない。

……そんな衝撃だったのか？

まあ、今まで人間と喋ったことなんてないから、あれだけ驚いているんだろうな。

ただ、だからといって現状が好転したわけではない。

今は混乱状態に陥っているため動きが鈍くなっているが、しばらくすると我に返って戦闘を再開するだろう。――やるなら今しかない。

「ぎぎゃあっ⁉」

踏み込もうとしたら、ゴブリンの断末魔が後方から轟いた。

その直後、

「あなたにばかり良い格好はさせません！」

ゴブリンの血がべったりとついた剣を天に掲げていたのは女の子だった。

「えっ⁉　だ、誰⁉」

さっきまではいなかったはずだが……もしかして、馬車の中に隠れていた子か？

外見から察するに、年齢は恐らく俺と同じくらいで、十五、六歳ってところか。青色の長い髪をサイドテールでまとめ、それを風になびかせつつ、翡翠(ひすい)色の瞳で倒したゴブリンを見下ろしている。その端正な顔立ちは、勝利の余韻で緩んでいた。

――というか、彼女が着ているあの服……俺も通っている王立学園の制服じゃないか？

もしかしたら同級生なのかも。

「「「エルシー⁉⁉」」」

なんて思っていたら、大人たちの絶叫が森の中にこだました。

その中のひとり――たぶん、馬車の護衛団リーダーと思われる男性が続けて少女に声をかけていた。

「バ、バカ者！　おまえはまだ見習いなんだから戻れ！」

「いいえ、グラン様！　私と同じ学園の生徒が頑張っているというのに、現状を黙って見過ごすわけにはいきません！」

勇ましいというか向こう見ずというか……まあ、俺が言えたことじゃないけど。

それでも、一撃でゴブリンを葬り去った。そのことから、あの子には年齢以上の実力が備わっているのだろうと推察できる。

ともかく、あれなら戦力として期待できる——と、思った瞬間、エルシーと呼ばれた少女はその場にペタンと座り込んでしまった。

「あ、足が震えて……」

一転して弱気な声になるエルシー。

どうやら、さっきのアレは相当な強がりだったようで、勝利を確信した途端に安堵と恐怖が一度に襲ってきてパニック状態となったらしい。

「お、おい！」

声をかけようとしたら、背後に気配を感じた。咄嗟に横っ飛びすると、さっきまで俺のいた場所に大きな棍棒が打ちつけられた。赤オークの一撃だ。

「このっ！」

すぐに体勢を立て直して斬りかかろうとするが、赤オークは俺を避けるように距離を取った。

どうしたんだ？

『同じ女でも、青い髪の女はターゲットに入っていなかったが……この際、どっちでもかまやしねぇ！　動けない今なら楽に仕留められるはずだ！　まとめてぶっ殺してやる！』

ターゲット？

つまり、赤オークは最初から誰かを狙うよう命令されて馬車を襲ったのか？

女ってことだけど……エルシーと呼ばれたあの子以外にも、馬車に誰か乗っているというのか？

「お嬢様を守れ！」

「おう！」

負傷した兵士たちが気力を振り絞ってオークに飛びかかる。その時に兵士が口にした「お嬢様」という言葉――まさか、赤オークの真の狙いはそのお嬢様だったのか？

『どけ！　雑魚ども！』

赤オークの進撃を止めようとする兵士たちだが、そのパワーには敵わず、ひとり残らず蹴散らされる。

これって、兵士が弱いのか？

それとも、あのオークが強過ぎるのか？

どちらにせよ、このままじゃ危険だ。

「逃げろ！　逃げるんだ！」

俺はエルシーにそう訴えると同時に駆け出した。赤オークはその巨体ゆえ、パワーはあっても足は速くない。あいつがエルシーにたどり着く前に追いつける。

『ちぃっ！　このガキ！　まだ俺様の邪魔をするか！』

「見殺しになんてできないね」

『ほざけ！』

大袈裟(おおげさ)なモーションで、赤オークは手にしていた棍棒を力いっぱい振り下ろす。威力は申し分ないのだろうけど――そんな大きな動作じゃよけてくれって言っているも同然だ。

ヒラリとかわし、カウンターで赤オークの腕を狙う。

さすがに小柄なゴブリンみたく一刀両断は無理なので、部位破壊を選択した。

まずは右腕だ。

『ぐぎゃあああぁぁぁぁっ！！！』

激痛による大絶叫が木々の葉を揺らす。

弧を描いて飛んでいくオークの右腕に気を取られることなく、俺は振り向きざまに左手を切り落とすと、再びオークの叫び声が響いた。

直後、兵士たちが動きだす。

「今だ！　全員で取り押さえろ！」

リーダー格の男性――名前はグランさんだったか。その人が叫ぶと、兵士たちが最後の力を振り絞って一斉に飛びかかった。先ほどとは違い、両腕を失った赤オークは為す術なく攻撃を浴び続け、とうとうその巨体を地面に横たえた。

『くそったれ！　あの男は無敵の強さになるって言っていたのに、話が違うぞ！』

「えっ？」

赤オークが最後に言い放った言葉。その真意を確かめようとしたのだが、とどめの一撃とばかりに胸へ剣が突き刺さり、結局、赤オークはそのまま絶命した。

「……とりあえず、今は助かったことを喜ぶべきかな」

ふぅーと大きく息を吐いて額の汗を拭った。

「ありがとう。君のおかげで助かったよ」

ひと呼吸つくと、一点の曇りもない笑顔でグランさんが俺に礼を言う。

「無事で何よりです」

「君は強いんだな。エルシーの話だと王立学園の生徒らしいが……」

「は、はい。今年で二学年になります」

「同級生でしたか！　あっ、申し遅れました！　私はエルシー・ファーガソンという者でして、こちらにいるグランさんの姪になります」

　グランさんの脇からひょっこりと顔を出したエルシーがいろいろと情報を加える。すっかり立ち直ったようだな。

「こら、おまえはもう少し危機感を持て。彼がいなければとっくに死んでいたんだぞ」

「も、申し訳ありません……」

　でも、同じ学園に通っている俺が戦っている姿を見て触発されたみたいだから、俺がいなければあんな無茶はしなかったとも言える。……結果論だけど。

「で、君の名前は？」

「あっ、申し遅れました。俺はハーレイ・グルーザーです」

「「!?」」

　一瞬にして、空気が変わる。

　エルシーやグランさんだけでなく、その場にいた兵士たちの顔が険しくなったのだ。

　そこで、ハッと思い出す。

　彼らの装備から、恐らく騎士団の関係者も複数名入っていると思われる。だから、知っているのだ――グルーザーの名を。そして、グルーザーの当主が、騎士団のことをどう見ているのかも。

「お見事な腕前でした、ハーレイ殿」

重苦しい空気が流れる中、エルシーはそう言って俺に頭を下げた。同じ学園の生徒である彼女には、俺の家柄などあまり関係ないようだ。

「あなたのおかげで私はこうして生きながらえた……感謝します」

「そ、そんな、俺は——」

「エルシーの言う通りだ」

動揺している俺の前に、冷静さを取り戻したグランさんが言う。

「君の活躍がなければ、エルシーだけでなく、我々の命も危うかった……もう一度、改めて礼を言わせてくれ」

そう言って、グランさんも深々と頭を下げる。

同じく国防を担う者同士でありながら、騎士団を目の仇としている魔法兵団のトップの息子を相手に——その行為は信じられないものであったが、周りの兵士たちはグランさんの行動を見てそれに続いた。全員が俺に礼を述べて頭を下げたのである。

「しかし妙だな……王都から護衛をしてくれた兵士たちも決して弱くはないのに……そもそも赤色をしたオークなんて初めて見たぞ」

顔を上げたグランさんは、横たわる赤オークへ視線を移しそう語る――って、そうだった。彼らに伝えなければいけないことがあるんだ。

「あの、グランさん」

「うん？」

「あのモンスターたちは誰かの命令で動いているようです」

「何？　なぜそんなことが分かる？」

そう聞き返されたが……なぜ分かるも何も――

「あのオークが喋（しゃべ）っていたじゃないですか」

「オークが？　どういうことだ？」

「俺の言語スキルには、モンスターの言葉を理解できるようになる効果があるようです」

「言語スキルだって？」

グランさんをはじめ、周りの騎士たちがざわつき始める。そ、そんなに変なことを言ったかな？

「驚いたな。言語スキルにそのような効果があったとは……正直、あれは商人の営業トーク力を上げるくらいしか使い道がないと思っていた」

なるほど……それで周りの騎士たちもあんな反応をしていたのか。

そういえば、ガスパルさんもそんなこと言っていたな。俺みたいに超がつくほど口下手なヤツがまともに話そうとして使う例は少ないのだろうか。

「だが、おかげで有益な情報を知ることができた。改めて感謝するよ」

俺からの情報を耳にしたグランさんには、何か心当たりがあるらしく、意味深なことを呟きながら顎に手を添える。するとその時、馬車の中からこれまでに聞いた覚えのない声がした。

「どうやら、危機は去ったようですね」

次の瞬間、扉が開いて中から人が降りてくる——赤い髪を腰の辺りまで伸ばした、可愛らしい女の子だった。

「サ、サーシャ様！　お怪我はありませんか⁉」

グランさんは慌てて駆け寄る。

サーシャってまさか——王国騎士団長であるゾイロ・レヴィングの娘か⁉

「あなたが助けてくれたのね？」

涼やかな声でそう問うサーシャ・レヴィングを前に、俺は頷くことしかできなかった。

可愛い。

それが率直な印象だった。

しばらく見惚れていると、森の奥から男性の叫び声が。

「ハーレイ‼」

その声の主は間違いなく父上のものだった。振り返ると、武装した村人とともに、父が血相を変えて走っている姿が飛び込んできた。

「突然森へ走っていったと聞いたから心配していたぞ！　大丈夫だったか⁉」

「こ、この通り、健康そのものです」

父上は俺の安否を確認するとホッと胸を撫で下ろし、続いてグランさんたちの方へ視線を移動させる。

「君は……騎士団のグラン・ファーガソンだな？」

「はい」

緊張した様子で返事をするグランさん。

貴族界における父上の位置づけがどうなっているのか分からないが、少なくともグルーザー家の名前の強さは生きているようだ。

それから、俺も交えてモンスター襲撃の事情を父上に説明した。

「そ、そんなことが……」

「この件についてなのですが――」

「ひとつ、私から提案があります」

「「提案？」」

俺と父上の声が重なった。グランさんとの会話に割り込んできたのはサーシャで、その横では専属護衛騎士だというエルシーの姿もあった。

「明日、私の屋敷で詳しいお話を聞かせてくれません？　助けていただいたお礼もしたいですし」

「明日……ですか？」

「えぇ。場所はレヴィング邸でいかがでしょう？」

「それは名案です！」

誰よりも真っ先に賛成するエルシー。

一方、他の大人組は困惑した表情を浮かべていた。

そりゃあそうだ。

グルーザー家とレヴィング家の組み合わせといえば、魔法兵団と騎士団という犬猿の仲にある組織のトップ同士。お礼をしたくて自宅に招くなど、普通ならばあり得ない。

「い、いいのですか？　……俺はグルーザー家の人間ですよ？」

「関係ないわ。あなたは命を賭してエルシーやグラン——そして、私を救ってくれた恩人よ。きっと、お父様も会いたがるはずだわ」

お父様って……ゾイロ騎士団長か。

その名を口にした途端、周りの騎士たちの体が強張るのが分かった。……そんなに怖い人なのか？

「あなたの住まいはモイゼス様のところでよかったかしら？」

「あっ、はっ、はい」

「だったら、明日の午前中にも馬車で迎えに行かせるわ」

トントン拍子に進む俺の来訪話。

まあ、でも、サーシャの言う通り、オークの件はその内容から、この場で詳細な話をするより、直接ゾイロ騎士団長の耳に入れた方がいいとも思う。

もしかしたら、騎士団長には心当たりがあるかもしれないし。

「わ、分かりました」

「決まりね」

そう言うと、サーシャは満足げに笑った。

……本当に可愛いな、この子。

ともかく、こうして話はまとまり、レヴィング家の屋敷を訪ねることとなった。

父上はサーシャの申し出に驚きを見せつつ、「これは長年にわたるグルーザー家とレヴィング家の確執を消し去るためのいいきっかけになるかもしれない」と目を輝かせていた。

そう思うと……責任重大だな、俺。

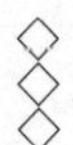

その日の夜。

屋敷へ戻ってきた俺は、スキル進呈の儀を行ってくれた庭師であるガスパルさんのもとを訪ねるため、庭園の隅にある小屋を訪れた。

「ガスパルさん、ちょっといいですか？」

ノックをしながら言うと、ガスパルさんはすぐに出てきた。

「おや？　どうされました、ハーレイ様」

「ちょっと聞きたいことがあって」

「そろそろいらっしゃる頃だと思っていましたよ。スキルの件でしょう？」

「……お見通しってわけか」

「誰もが通る道ですから。ささ、何もないところではありますが、お上がりください」

ガスパルさんに案内されて、俺は小屋の中へと入る。

促されるまま、ソファに腰かけた俺は早速本題を切りだした。

「あなたが授けてくれた言語スキルですが……人との会話がしやすくなる他に、効果はあるんですか？」

「もちろんありますとも」

それから、ガスパルさんは俺に言語スキルについていろいろと教えてくれた。

能力を簡単に分けると、

【会話補正】
【言霊強化】
【詠唱吸収】
【会話記録閲覧】
【嘘看破】
【言語統一】

以上の六つ。

その中にある【会話補正】という能力が働いているおかげで、俺は他の人と会話ができるようになったという。

森の中で遭遇した赤いオークやゴブリンたちと会話ができたのは【言語統一】という能力のおかげ。人外との会話だけではなく、まったく違う言語を話す他国の人々とも、会話が可能になり、お互いを理解し合えるとのこと。確かに、このスキルはあちこちで商売する商人にとっては重要なものだ。

残る四つの能力――【言霊強化】、【詠唱吸収】、【会話記録閲覧】、【嘘看破】については発動するかどうかはまだ分からないという。

「基本的にひとつのスキルに付随する特殊な能力というのは平均して六つほどと言われておりますが……その六つすべてを使いこなせる者は滅多におりません。せいぜいふたつか三つでしょうな」

「そうなんですか？」

「ええ。そんな言語スキルの中でもっとも取得率の高い能力が【会話補正】であり、これはほぼ確実に身につきます。ゆえに、ハーレイ様にピッタリだと旦那様も思われたのでしょう」

確かに、俺のためにあるようなスキルだ。

「しかし……まさか、【言語統一】まで使いこなせるとは驚きですが」

「俺も最初は驚きましたよ」

正直、他の四つの能力もどんなものか大変気になるところだ。

自動で発動したふたつの能力とは異なり、残り四つは恐らく任意で発動するものであると推測される。

【言霊強化】と【詠唱吸収】は、名前からして戦闘用だろうか。

【会話記録閲覧】と【嘘看破】については今すぐ使えそうだが……

「……ちょっと試してみます」

「えっ？」

俺はガスパルさんにそう告げると、目を閉じて意識を集中。

すると、真っ暗な視界に白い文字が浮かんできた。

これは――

《基本的にひとつのスキルに付随する特殊な能力というのは平均して六つほどと言われておりますが……その六つすべてを使いこなせる者は滅多におりません。せいぜいふたつか三つでしょうな》

《そうなんですか？》

《ええ。そんな言語スキルの中でもっとも取得率の高い能力が【会話補正】であり、これはほぼ確実に身につきます。ゆえに、ハーレイ様にピッタリだと旦那様も思われたのでし

ょう。しかし……まさか、【言語統一】まで使いこなせるとは驚きですが》

《なるほど……》

す、凄(すご)いぞ！

さっきの会話が文字に起こされている！

「ガスパルさん……」

「はい？」

「どうやら。【会話記録閲覧】の能力も備わっているようです」

「なんと⁉」

これにはガスパルさんも驚きの声をあげる。経験豊富な彼がこれほど驚くのだから、相当珍しいんだろうな。

それにしても……言語スキル、か。

もっといろんな可能性を試してみたいな。

翌朝。

サーシャの言った通り、屋敷に迎えの馬車が来た。

その数――なんと五台。俺の想像を遥かに超える厚待遇が待っていた。これには同じ貴族である父上もさすがに驚き、茫然としていた。

「レヴィング家にとって、大切な客人になりますので」

風格漂う執事の男性が一礼して告げ、それから馬車へと案内される。

ちなみに、両親は同行せずに家で待つこととなった。

一応、世間的な評価では犬猿の仲だからなあ……うちとレヴィング家は。

といっても、仲が悪いのはきっと元の家の親だ。互いの子ども同士には、まだそういったわだかまりがない。大人はいろいろと思うことがあるのだろうけど、俺が行くことを許可してくれたところを見る限り、父上はレヴィング家に対して元の家よりは好意的に思っているようだ。

レヴィング家は屋敷へ続く道とは反対方向に進んで行ったので、窓から見える景色はここへ来る時とまた違ってとても新鮮だった。

途中で大きな湖があり、野生動物たちが気持ちよさそうに日光浴をしている。今度、あの湖へ釣りにでも行ってみたいな。

およそ一時間の馬車移動は、そんなことを考えている間に終わってしまった。

到着したレヴィング家の屋敷は俺の想像を遥かに超越する大豪邸だった。

屋敷の玄関へたどり着くまでには色とりどりの花が咲き誇る噴水つきの庭があり、メイドたちがお手入れに汗を流している。白塗りの屋敷でとにかくデカい。

「ようこそ、レヴィング家へ」

スケールの違いに圧倒されていると、執事が馬車の扉を開けてそう告げた。外に出ると、まず目に入ってきたのは大きな庭園と屋敷(やしき)へ続く一本道。

「どうぞこちらへ」

案内されるまま、俺は執事とともにその道を進んでいたが、その途中でピタッと足を止める。

庭園に設置された白いテーブルとイス。そこには、読書に夢中となっているひとりの少女がいた。かたわらにいるメイドが淹(い)れてくれたお茶を飲むため、少女はティーカップへと手を伸ばす。

俺はその光景に釘付(くぎづ)けとなっていた。

まるで、一枚の絵画のような……まさしく絵になる構図だった。

透き通る赤色の髪。

薄い桃色の唇。

陶器のような肌。

俺と同い年のはずなのに、とんでもなく大人っぽく見える。

「どうかされましたかな？」

俺の足が止まっているのを心配した執事が声をかけてくれたけど、俺はすぐに反応することができなかった。執事は俺の視線から、その原因を突きとめる。

「サーシャお嬢様が気になりますか？」

「っ！　あ、い、いや、そういうわけじゃ！」

「いやいや、お嬢様の美しさを前にしたら誰だってそうなります」

執事がニコニコしながら話す。

その時、サーシャがこちらに気づき、優しく微笑(ほほえ)みながら手を振ってくれた。

それに対し、俺も無言のまま手を振り返す——と、

「やあ、待っていたよ。——娘の命の恩人よ」

野太い声が、背後から聞こえてきた。

振り返ると、そこに立っていたのはいかつい男性……俺はその顔をよく知っている。

「ゾ、ゾイロ・レヴィング騎士団長⁉」

騎士団のトップであり、サーシャの父でもあるゾイロ騎士団長であった。

多忙を極める人物のまさかの登場に、思わず背筋がピンと伸びる。

「君にはいろいろと聞きたいことがあるんだ」

威厳たっぷりのゾイロ騎士団長直々に案内されたのは、広い庭園が一望できるティールームであった。

「この部屋でちょっとだけ待っていてくれ」

「え？」

「実は、朝早くから一件だけ来客の用があったんだが、それが長引いてしまってね。すぐ終わるから、先に入っていてくれ。メイドにはお茶を用意するよう言ってあるから」

「わ、分かりました。俺の方は大丈夫ですから、先の件を優先させてください」

「すまないな」

ゾイロ騎士団長は扉を開けて俺を中へと案内し、「では、またあとで」と言い残して来客のいる部屋へと戻って行った。

やっぱり多忙なのだろうけど、そんな中でわざわざ時間を割いてくれたのか。

まあ、お茶を用意してくれるっていうんだから、それを飲みつつこのだだっ広い庭園を眺めているとしよう——と、思っていたけど、部屋にはすでに先客がいた。

「お待ちしておりましたよ！」

エルシーだった。

人懐(ひとなつ)っこい笑顔で近づくと、なんのためらいもなく俺の手をしっかりと握りしめる。

……こうして、改めて間近で見ると、エルシーも可愛(かわい)らしくも気品漂う顔立ちをしていた。家柄もいいみたいだし……昨日はちょっと砕けた態度が過ぎたかな？

「あなたも招かれたのですか？」

「そんな堅苦しい話し方をしないでください。私たちは同級生なのですから！」

「は、はあ……」

俺が言うのもなんだけど、エルシーはいい意味で、名家の育ちっぽくないな。

「サーシャ様もそれを望んでおられます」

「えっ？」

「あなたには、これからもサーシャ様と良い関係を築いてもらいたい――ゾイロ様はそう思っているんですよ！」

「し、しかし……」

「少し飛躍しすぎ――とも言えないかな」

突然、三人目の声が割り込んできた。

「グ、グランさん⁉」

「ははは、そう緊張しなくてもいいさ」

これまたフランクな感じで接してくれるグランさん。

おかげで、緊張が少し和らいだよ。

「騎士団長の屋敷はどうだい？」

「もう、なんか……圧倒されっぱなしです」

「庭園はもう見ましたか？」

「先ほどチラッとだけ」

「でしたら、あとで私とサーシャ様が案内しますよ」

「それは名案だな」

グランさんも乗り気だ。

その後、席につき、メイドさんが淹れてくれたお茶をすすりながら、ゾイロ騎士団長が戻って来るまでの間ずっと会話をしていた。

改めて、今のスキルには感謝する。人と話をするのがこんなに楽しいだなんて思ってもみなかった。

「すまない、遅れてしまった」

「失礼します」

安堵のため息を漏らしたところで、ゾイロ騎士団長が戻ってきた。

その傍らには、初めて見る小太りの中年男性が立っている。

もしかして、来客ってこの人か？

「おや？　あなたはフォンターナ商会のアレン・トレイトン殿か？」

「これはこれは、王国騎士団のグラン・ファーガソン分団長殿に名前を知っていただけているとは光栄ですな。こうして挨拶に伺った甲斐があるというものです」

来客は商人だった。

大人同士が挨拶を終えると、アレンさんの視線は俺へと向けられる。

「ん？　君は？」

「初めまして。ハーレイ・グルーザーです」

「!?　ハーレイ・グルーザー様!?」

アレンさんの表情が一変。

俺の名を聞いた途端、目を見開いて驚いている。

「彼は昨日のモンスター襲撃事件でサーシャ様を救ってくださった恩人だ」

「え、えぇっ！　その事件については今朝王都でも話題になっております！　ま、まさか、あなたがその救世主だったとは……」

救世主、か。

……なんだかちょっとこそばゆいな。

「私はてっきり昨日の襲撃事件はファーガソン殿が解決したと思いましたが」

「恥ずかしながら、思いのほか苦戦してね。こちらのハーレイ殿の助力がなければ危うかった。なかなか見込みのある少年だよ」

「はっはっはっ！　若者が元気なのは頼もしいことですな！」

「うむ。私としても、将来が今から楽しみで仕方がない」

笑い合うふたり。

遠くから見ていると、良好な関係を築いているように見える。

それにしても、商人と騎士か……騎士団で使う新しい武器の紹介でもしに来ていたのだろうか。

――でも……なんだ？

妙な胸騒ぎがする。

「この国の平和を願う者として、頼れる若者の登場は実に喜ばしいことです」

アレンさんへ視線を送っている最中に彼がそう語った直後、

カーン。

甲高い鐘の音が響き渡る。

「えっ⁉」

俺は思わず反応してしまったが、周りはまったくの無反応だった。

「どうかしましたか、ハーレイ様」

「あ、い、いや……」

どうやら、さっきの鐘の音は俺にしか聞こえていないらしい。

――と、いうことは、考えられることはひとつ。

「ひょっとして……スキルか？」

この場で発動しそうな能力といえば【嘘看破(うそ)】だが……アレンさんの発言に嘘があったってことか？

……くそっ！

いきなりだったからよく聞いていなかった！

俺はすぐに【会話記録閲覧】を発動させようとしたが、間に合わなかった。

「では、私はこれで失礼致します」

スキルを発動させる前に、アレンさんが退室してしまったのだ。あとを追いかけようにも変な感じになるし……仕方がない。【会話記録閲覧】はひとまず後回しだ。

「さて、それじゃあ、昨日の事件の顛末を聞かせてもらおうか」

ゾイロ騎士団長はすでに席に着き、キラキラしている瞳でノリ気となっている。

さらに追い打ちをかけるように、そこへサーシャも合流した。

「お待たせしてしまったわね」

こうなってはお手上げだな。

今はまず、こちらの案件を優先させないと。

とりあえずメンツは揃ったようなので、俺たちはテーブルを囲むように座り、ティータイムを始める。ちなみに、ゾイロ騎士団長からの提案により、グランさんとエルシーも続けて参加することとなった。

「それでは改めて——この度は娘を助けてくれて本当にありがとう」

深々と頭を下げたゾイロ騎士団長から、再びお礼の言葉を贈られた。

それから、現場の詳しい情報を説明していく。

事件の顛末についてはすでにグランさんが報告を終えていたので、俺は言語スキルとそれを使ってオークと交わした会話内容を伝えることに。

「モンスターとの会話……聞き慣れぬスキルだな」

「でも、本当にオークやゴブリンの言葉が理解できるんです。そのオークが、最後に『あの男は無敵の強さになるって言っていたのに、話が違うぞ！』って言っていました」

「その口ぶりでは裏であのモンスターたちを操っていた者がいるようだな……」

グランさんは冷静にそう分析した。

「……私に恨みを持つ者の犯行か？」

「いえ、もしかしたら、アースダインという国家そのものに対する宣戦布告かもしれません」

「それに、モンスターの言うことを鵜呑みにするのも危険な気がします」

エルシーがふたりの会話に割って入った。いくら見知った存在だからって、臆せず自分の意見を言えるのは凄いな。騎士に向いている度胸といえる。

「確かに、エルシーの言う通りだな。苦し紛れに言い放った妄言という可能性もないと断言はできない」

「そうですね。……とにかく、他にも似たような事件が起きていないか、城へ戻って調べてきます」

「わかった。頼むぞ、グラン」

「お任せを」

騎士団長への恨み、か。

あくまでも個人の見解だけど、ゾイロ騎士団長を恨む人なんていないと思う。

これに関しては完全に主観となってしまうが、騎士団長は凄くいい人だし、何より言葉に裏表がない。言葉を選びながらも本心はきちっと伝える誠実なタイプの人間だ。

だとすると、グランさんが言ったように、標的はレヴィング家ではなく、その背後にあるアースダインという国自体……と、いうのが俺の推理。

真相に迫るにはもうちょっと情報がほしいところだ。

城へ戻るグランさんを見送った俺たちは、せっかくだからとそのままサーシャの案内で屋敷内を見て回ることになった。

——と、その前に、サーシャは父であるゾイロ騎士団長のもとへ。

「お父様……顔色が優れないようですが？」

「あ、ああ……すまないが、私は少し部屋で休ませてもらうよ。ハーレイ、せっかく招待したのに最後まで付き合えなくて本当に申し訳ない」

「いえ、俺のことは気にせず、ゆっくりお休みになってください」

「ありがとう。そうさせてもらうよ」

執事やメイドに支えられながら、ゾイロ騎士団長は自室へと戻って行った。

「最近、ずっとあんな調子なの。何か手伝えればいいのだけれど……今の私ではただの足手まといにしかならない……歯がゆいわね」

「サーシャ……」

悲しげな表情を浮かべているサーシャを見ていると……困ったな。

アレンさんの件を言いだしづらくなった。

俺が【嘘看破】のことを話したら、ゾイロ騎士団長の心労はさらに増してしまうだろうし……この件は、もう少しハッキリするまでとどめておこう。

「きっと、その気持ちだけで、ゾイロ騎士団長は十分だと思うよ」

「ふふ、お父様にもまったく同じことを言われたわ。……それでも、無力な自分を恨みたくなっちゃうのよ」

本当に父親想いなんだな、サーシャは。

「ごめんなさい、暗い雰囲気にしてしまったわね。お詫びといってはなんだけど……私の秘密の部屋へ案内するわ」

「えっ？　秘密の部屋？」

「いいわよね、エルシー」

「ハーレイ殿ならば信頼できますし、問題ないと思います！」

そ、そんな重要な部屋に案内してくれるっていうのか？

「なら、早速行きましょうか。――この庭園の先にある書庫へ」

「書庫……？」

「私とお母様は無類の本好きでね。その書庫はそんな私たちのために、お父様が新しく建ててくれたものなの」

少し元気を取り戻したサーシャは、俺を秘密の部屋だという書庫へと案内してくれた。

書庫っていうくらいだから、屋敷に比べると控え目な造りになってはいるが……それでも一般家屋に匹敵する大きさだ。

内部へ足を踏み入れるとさらに驚いた。

そこは書庫というよりも図書館って言った方がしっくりくる空間だった。天井付近まである背の高い本棚が、森の木々のごとく立ち並んでいる。これ、本好きにはたまらない光景なんだろうな。

ちなみに、エルシーは外で待機している。本を見ると頭痛がするらしい。

「この書庫だけでも、およそ一万冊の本があるわ」

「えっ⁉　い、一万冊ですか⁉」

一万冊って……言語スキルについて勉強しようとしていた決心が揺らぐなぁ。全部がスキルに関する蔵書じゃないんだろうけどさ。

「想定外だ……関連書籍だけを厳選したとしても、全部読み終えるのに一体どれだけの時間がかかるやら」

「あなたも本が好きなの？」

俺が本の話題を振ったことで、サーシャが食いついて来た。

「うん。読書は好きで、家でもよく本を読んでいるよ」

「そ、そうなの」

明らかにさっきまでと表情が違う。

そんなに嬉しかったのか？

しかし……本か。

こう言ってはなんだが、エルシーは読書するよりも体を動かしていた方がいいってタイプの人だからなぁ。頭痛がするっていうのも拒絶反応から来るものだろうし……そうなると、大好きな読書について語れる人が少なくてうずうずしているのかもしれない。

「どんな本を読んでいるの？」

「実は俺のスキルについて勉強しようかなと」

「スキル？　……ちょっと待っていて」

そう言い残して、サーシャは書庫の奥へと小さな歩幅で駆けていく。しばらくして戻って来た彼女の手には一冊の本が。

「これは、この世界にスキルが生まれてから現在までの間に公となっているすべてが記された本よ。——これをあなたにあげるわ」

「！　そ、そんな貴重な物、いただけないよ！」

「命を助けてくれたお礼よ。受け取って」

そう言って、彼女はニコリと微笑んだ。

「ありがとう！　生涯大切にさせてもらうよ！」

「ふふふ、大袈裟ね」

控えめに笑った顔も可愛いな。

「他にも、スキルに関する書物はあるけど……読んでいく？」

「！　是非！」

まさか彼女の方からここまで提案してくれるとは思ってもみなかった。当然、俺はその厚意に甘えることにし、スキルに関する本を読み漁った。そのうち、サーシャまでもが読書をはじめ、書庫内は静寂に包まれた。

彼女は小説が好きだという。

恋愛ものから冒険ものまで、その範囲は幅広く、数えきれないほど読んだらしい。

「この本に出てくる、妖精たちが月明かりの下で踊るシーンが好きなの」

小説の挿絵を見せながら、嬉しそうにサーシャが語る。

なんか……ずっと眺めていたくなる笑顔だな。

結局、俺たちの読書タイムは夕陽が世界を橙色で染め上げるまで続いたのだった。

——数時間後。

「うわっ！　もう外は夕暮れじゃないか！」

ふと、窓の外へ意識を向けると、景色の色調がガラリと変わっていた。夢中になって本を読んでいたせいですっかり長居してしまったようだ。

「ご、ごめんなさい。私も本に集中していて気づかなくて」

「俺の方こそ、もっと注意を払っておくべきでした」

「そんな、私が」

「いえ、俺が」

「「……ふふ」」

俺たちは同時に笑い出す。

「ここはひとつ、お互いが悪いということで手を打たない？」

「ははは、そうですね」

ふたりで笑い合っていると、どこからともなく声がした。

「随分と意気投合したみたいですね」

「「⁉」」

突然聞こえてきたエルシーの声に驚いて、俺たちは飛び上がるようにして距離を取る。

そこで、俺たちがかなり至近距離でお互い見つめ合っていたことを知った。

「……邪魔をしてしまいましたね」

「じゃ、邪魔だなんてそんな！　というか、頭痛はいいのか？」

「ちょっと遅すぎるのではないかと心配になって……中でよからぬ展開へ進んでいるのではないか、と」

「も、もう！　エルシーったら！　そんなんじゃないわよ！」

「ムキになって否定されると余計に怪しく思えてきます」

「「違う！」」

俺たちの声がピタリと揃ったことで、エルシーへの誤解はますます深まった。

「そんなに話が合うなら、またここへ本を読みに来てはいかがですか？」

「えっ⁉」

正直、ありがたい申し出だった。

王都の図書館より、ここの方が人もいないから読むのに集中できる。何より、美しくて優秀な司書までいるのだから。

「きっと、ゾイロ様も大歓迎するはずですよ。それに何より、サーシャ様だって嬉しいはずです。待望の読書仲間ができたのですから」

「エ、エルシー！」

「私ではサーシャお嬢様の読書仲間になることができませんからねぇ……」

「そ、それは……」

持っていた本で半分ほど顔を隠しながらも、その青い瞳は真っ直ぐこちらを見つめている。俺の返事待ちってことでいいのかな。

「あの、サーシャ」

「な、何？」

「また……ここで本を読ませてもらってもいいかな？」

「！　も、もちろん！」

こうして、俺とサーシャは読書仲間となった。

レヴィング家の書庫での半日は、俺にとってもサーシャにとっても実りあるものとなった。

レヴィング邸での一日が終わろうとしている。

送りの馬車が屋敷の門前に待機しているらしく、サーシャに見送られながら門へと向かう。その道中、突然エルシーが切りだした。

「アレン・トレイトン殿が何か企んでいると睨んでいるのですか？」

「えっ⁉」

迷わないようにと案内してくれていたエルシーが、唐突にそんなことを言う。

「ア、アレンさんって、昼間にいた商人だろ？　その人を俺が怪しんでいると？」

正解だが……なんでバレたんだ？

「アレンさんを見る目がだんだんと変化していきましたからね」

「そ、そうだったかなぁ……」

「私の持つ騎士の勘が異変を教えてくれたのです！　誤魔化しは通じませんよ！」

……エルシーって、妙なところに鋭いよなぁ。

「あなたのスキルには、たしか嘘を見抜けるものもあったはず。あの時……それが発動したのでは？」

「…………」

「沈黙は肯定と受け取ります」

ぐぐっ……鋭いなんてものじゃない。人の心を読むのに長けているから、思っていたよりもずっと厄介な存在だ。

「それで、どうなんですか？」

エルシーは凄くキラキラした瞳をしていた。

「……確証はない。嘘を見抜くことはできるが、何に対して嘘をついているかどうかを見極めるには材料が足りなくて」

「ふむ……アレン殿が嘘をつく可能性があるとしたら……アレ絡みですかね」

「アレ？」

「今日の商談の中心――旧マディス鉱山の所有権についてです」

鉱山の所有権？

それに「旧」ってことは……

「アレン殿は今日、レヴィング家が所有権を持つ鉱山を譲渡されました。それに関して、彼が嘘をついている可能性があります」

「……聞いたことない鉱山だ」

「無理もないですね。廃鉱となって二十年以上経ってていますから」

俺が生まれる前にはすでに鉱山としての役目を終えていたのか。

「そうなると……なぜ、トレイトン商会は廃鉱の所有権なんかを欲しがったんだ？」

「一応、土地を農場などにして再利用する計画を目的としているらしいですが……これについては私もちょっときな臭いと感じていました」

随分と事情通なんだな、エルシーは。さすがは騎士団分団長の姪っ子。

「グランさんに忠告しようともしましたが、ゾイロ様は――いや、アースダインという国自体があの辺一帯の処理に困り果てていましたので、商会の申し出をありがたがっていました」

「なるほどね」

「それに、私がゾイロ様の心労を余計に増やすようなことを言ってしまったら……そう思うと、どうにも躊躇ってしまうんです」

アースダインの立場で考えたら、役に立たない土地をお金出して買ってくれるっていうんだから、そりゃ飛びつくよな。

それに、あんなに疲れたような顔をしているゾイロ騎士団長を毎日見ていたら、そりゃ確証もなしに「その商談相手怪しいですよ」とは言い辛いか。

「……アレンさんにはどこで会える？」

「！　ハーレイ殿！」

「ちょっと商人って仕事にも興味が湧いただけだよ。それより、質問の答えは？」

「とても忙しい身ですからねぇ。常に一ヵ所には留まらない渡り鳥みたいな感じです」

「そんな人に俺たちみたいな子どもが会いたいと言っても適当な理由ではぐらかされるのがオチか」

ドノヴァン・グルーザーの名前を出せば時間を割いてくれるかもしれないが、彼ほどの商人ならば、きっとすでに俺があっちの家とは無関係になっているという情報は耳に入っているだろう。

わざわざ時間を作ってまで俺に会うメリットが向こうにはない。

「それより、直接旧マディス鉱山へ行った方が真実に近づけると思います」

「……いい案だな」

まどろっこしい手段は省いて、直接現場を見てこようってわけだな。

もしかしたら、昨日のモンスター襲撃事件の真犯人にも近づけるかもしれないし。

確証があるわけじゃないけど、なんとなくそうじゃないかって予感はしている。これはスキルとか関係なく、男の勘ってヤツだ。

「では、早速策を練るとしましょうか」

「おう」

初めての貴族のお宅訪問で、俺は新たな発見と頼もしい仲間——それから、読書仲間を見つけたのだった。

第三章　旧鉱山の謎

翌日。

「こんなもんでいいかな」

俺は小さなリュックに必要最低限のアイテムを詰め込んで「ふぅ」と一息ついた。

もちろん、これは旧マディス鉱山へ向かうための準備だ。

昨夜、屋敷に戻って早々に俺は父上と母上にひとりでの遠出を許可してもらえるようお願いをしていた。普通に考えて、養子とはいえ名門貴族のひとり息子が従者もつれずに遠くへ出かけると言って「いってらっしゃい」とすんなり送り出すのは難しい。

だけど、この前のモンスター討伐の件を知っているからか、父上は思っていたよりもずっとあっさりGOサインを出してくれた。

「男なら一度くらい旅に出ないとな！　気の向くままに歩き、その先の景色をしっかりと目に焼きつけて来い！」

「夕方までには帰るから心配しないでください、母上」

「本当に気をつけてね？」

「はい！」

出かける前から、母上は不安そうにしていた。

心配してくれるのは本当にありがたいんだけど……もしトレイトン商会が裏でよからぬ企みを抱いているなら阻止しなくちゃいけない。

とりあえず、集合場所を目指すとするか。


約束の場所でエルシーと合流した後、旧マディス鉱山へと向かうことに。

「地図で見ると、なかなか険しい道のりになりそうだな」

「学園に戻る前のいいトレーニングになります」

俺たちはそんな風に会話をしながら進む。

それが盛り上がって、気がつくと視界に赤茶色の山肌が目に入った。

「あれが……」

問題の旧鉱山か。

父上からちょっとだけ聞いたけど、あそこは炭鉱の町として一時期とても栄えたが、ある年に連続して落盤事故が発生し、さらに鉱石の採掘量も激減した。それがきっかけで今や誰も住んでいないゴーストタウンと化しているのだが……アレンさんは、そんな曰く付きの場所で何をしようっていうんだ？

「ま、行けば分かるか」

正規のルートで行けばかなりの所要時間となるが、このまま木の枝を飛び移り、鉱山へ一直線に進めば半分以下で済むだろう。

「夕飯までには帰るって約束したし、とっとと出発するか」

「ですね」

俺とエルシーは休憩もそこそこに、旧鉱山麓の町を目指す。

さて、今回の旧鉱山への潜入だが——あくまでも真相調査って段階だから、派手に戦闘をする予定はない。

決定的な証拠を摑んだら、本人の目の前で——しかも、そうした不正を取り締まる人物の目の前で行わなければいけないと俺は考えた。

小さな村をふたつほど通り越し、旧鉱山へ近づくと、周辺の景色がガラリと変化した。

草や木はほとんどなくなり、砂ぼこりの舞う荒野が続く。

「そろそろ目的地だ。ここからはより慎重に進もう」

「了解です」

今後の方針を確認したところで、ここで想定外の事態が起きた。

旧鉱山へとつながる道の途中に小さな村があるのだが、そこから先へは通行止めになっていた。この村だけでなく、荒野の至るところに見張り役とおぼしき男たちがうろついている。ますます怪しくなってきたな。

「どうします？」

「……旅人を装って接近してみよう」

俺は村から出ている鉱山へ続く道を塞いでいる男たちの中からひとりを選び、そいつに声をかけた。

「こんにちは」

「あん？」

男は不機嫌そうにこちらを見る。

「僕たちは旅の者ですが、この先に町はありますか？」

「町？　んなモンはねぇよ。とっとと失せな」

……だいぶ態度が悪いな。イラついているようにも見えるけど。

「そうですか。――ところで、あなたはこちらで何を？」

「あ？　旧鉱山への道を警備しているんだよ」

思いのほかすんなり答えてくれた。

よそ者の冒険者ってところで警戒心が薄れたかな。

「警備？　ここはすでに鉱山としての役目を終えているようですが？」

「おまえらには関係ないだろ」

「それはそうなんですけど、ちょっと気になっちゃって。ひょっとして、その鉱山って強いモンスターが出るんですか？」

「出ねぇよ」

……ふむ。

さっきの警備の話も含め、【嘘看破】に引っかからないということは――事実ってことか。てっきり、あそこで赤オークみたいな強力なモンスターを生み出しているかと思っていたのに。

ちなみに、この能力に関しては、常時発動させないようカットしている。日常生活に支障が出てきそうだしな。

「では、農場ですか？」

不意に、エルシーがそう尋ねる。

「……そうだよ。あの鉱山は土地を改良して大きな畑になるんだ」

直後、俺の頭の中で鐘の音が鳴る。

ナイスだ、エルシー。

これでほぼクロが確定した。

アレンさんがゾイロ騎士団長に話していた農場計画は嘘っぱちってわけだ。

俺たちは兵士へ形だけの礼を言い、一旦その場を離れる――その直後、

「おい！　早くしろ！」

背後から怒号が聞こえてきた。

「うるせぇな！　今やってんだろ！」

「いつまでかかってんだよ！　もう一時間も経っているじゃねぇか！」

「ゴチャゴチャ言っている暇があったらおまえも手伝え！」

ふたりの屈強な男たちが何やら揉めている。

男たちに気づかれないよう、男たちが乗って来たと思われる馬車に近づく。その荷台には山ほどの食糧が載せられていた。どうやら、この男たちは食糧を調達するために旧鉱山からやって来たようだ。

「ハーレイ殿」

「ああ……行こう」

俺とエルシーは男たちの目を盗んで荷台に潜り込むと、荷物に紛れて身を隠した。

積み終えた男たちは俺たちの存在に気づくこともなく、馬車を走らせる。

しばらくすると動きが止まり、何やら外が騒がしくなってきたので荷物の隙間から外の様子をうかがうことに。すると、視線の先には町があった。

「あそこが元炭鉱の町――マディスか」

かつては大陸でもトップクラスの生産量を誇っていたこの鉱山も、今や見る影もないほど廃れてしまっていた。

建物が増えてきたことで、身を隠せそうな場所もいくつかあるな。目的地への到着も近そうだし、頃合いを見計らってなんとか荷台から脱出をしないと。

俺はエルシーにアイコンタクトを送ると、馬車が減速したタイミングを見計らって飛び降りる。

廃屋の陰に身を隠しつつ前進しながら辺りの様子を探る。

やはり、人が集中しているのは炭坑のある辺りか。あそこで何が行われているのか確認したら、バレないうちに帰るとしよう。

鉱山に近づけば近づくほど人が多くなり、空気がピリピリしてくる。

なんとか警備の目を掻い潜り、ようやく坑道へと続く入口を見つけた。そこでは、男たちがトロッコに詰め込まれた赤い鉱石を眺め、何かを話し合っている。

「あれは……」

赤く輝く鉱石。

ルビー？

……違う。あれはまったくの別物だ。

「一体何なんでしょう？」

「さあ……とりあえず、もう少し接近しよう」

その正体を突き止めるべく、俺たちはさらに接近戦を試みる。そのうち、赤い鉱石の周りにいる大人たちの会話が耳に入った。

「なかなかの採掘量だ」

そう言って鉱石をつまむのは恐らくここの責任者と思われる人物。カイゼル髭に片眼鏡をはめていて、見るからに悪党って面構えをした初老の男だ。

「あとは加工だが……工房の様子はどうだ？」

「ここへ来て納期が縮まりましたからねぇ。死に物狂いで作業していますが……正直、目標の量に到達できるかどうかは断言できません」

「相手はこの事業における初めての客だ。なんとか要望を完璧にこなして、お得意様にしたいが……確かにあの量を一週間で調達するのは難しいな」

客、か。

どうにもきな臭い単語が並んでいるな。もっとじっくり聞かないと。

「ただ、試験導入の結果は良好だという報告が入っている。生産ペースを上げても問題はないだろう。トレイトン会長もそう判断されるはずだ」

ついにトレイトンの名前が出たか。

「では？」

「第二班は引き続き坑道内で採掘作業を。残りの者は今採掘した魔鉱石をただちに工房へ運べ。手の空いているヤツは工房班の応援に回れ」

責任者であると思われる男が指示を飛ばす。

その場にいる人数は軽く見積もって四十人くらいか。坑道の中にはまだ作業している者もいるだろうし、実際はもっと多いだろう。

「おら！　休んでんじゃねぇよ！　とっとと運べ！」

一際(ひときわ)大きな声がしたのでそっちへ視線を移すと、強面(こわもて)の大男がトロッコを運ぶ作業員たちへ居丈高に怒鳴っていた。その作業員の姿を見て、俺は思わず息をのむ。

「嘘だろ……」

子どもだ。

俺やエルシーよりもずっと若い、まだ十歳前後の子どもたちが重たい魔鉱石の詰まったトロッコを押し、そこから下ろして箱へ移す作業を黙々とこなしていた。中には五歳くらいの子まで働かされている。

「あの子どもたちは?」

責任者の男も気になったのか、配下の男に尋ねた。

「お隣さんで戦災孤児になったヤツらです」

「あんなやせ細った連中ばかりじゃかえって足手まといでは?」

「その点はご心配なく。確かに、連中ができる仕事は限られていますが、それを補える利点があります」

「どういうことだ?」

「あのガキどもですが、普段は麓にある村の近くに建てた児童養護施設って名前の檻にぶち込んであります。戦争で親を失った隣の大陸の子どもたちに仕事を与え、立派に育てているって慈善事業のアピールになりますし、それに対する補助金ももらえる――しかもボスの評判も上がるってことで利益が大きいんですよ」

「なるほど」

おいおい……ゾイロ騎士団長の心労がさらに重なることになりそうな事実だぞ。

俺は隙を見て魔鉱石を一部拝借し、それをリュックの中に入れた。とりあえず、現物はいい交渉材料となり得る。これを材料にし、あの嘘つき商人から決定的な言葉を引っ張り出せればいい。

「大きな収穫ですね、ハーレイ殿」

「ああ、そうだな」

とりあえず、欲しかった物は手に入った。あとは無事に帰還するだけだ。

「エルシー、そろそろ退却するぞ」

「彼らを野放しにしておいていいんですか？」

「もちろん、このままにはしておかない。──けど、俺と君のふたりだけじゃどうにもならないだろう？」

今の俺が扱えるのはあくまでも言語スキルのみ。

使いようによっては攻撃に転用もできるかもしれないが、今のところ使えるスキルにそのような効果はない。エルシーだって、剣の実力は本物だろうが、それはあくまでも今の年齢を基準に見た場合の話。百戦錬磨の兵士と戦うことになればどうなるか……結果は目に見えている。

今日のところは偵察で済ませておこう。

そう判断して立ち去ろうとした時、突如俺たちの前に人影が。

「ここで何をしている！」

まずい。

連中に見つかってしまった。

「見たところ連れてきたガキとは違うようだが……どうやってここを嗅ぎつけた？」

「「…………」」

俺とエルシーが何も答えないでいると、男はひとつ息を吐いてから話し始める。

「身なりや顔つきからして、それなりに良い家柄のようだが……ここを見られてしまったからには生かして帰すわけにはいかねぇ」

男の全身を魔力が覆う。

どうやら、俺たちを魔法で始末するつもりらしい。

……チャンスだ。

こういうピンチの時こそ、あのスキル――【詠唱吸収】が大いに役立つ。

男が強力な魔法を放つため、詠唱をはじめたその瞬間、早速そのスキルが発動する。

「──うん？」

異変に最も早く気づいたのは詠唱している本人であった。

いつも通りにしているはずが、妙な違和感を覚えたらしく、動揺している様子が見て取れる。

直後、俺の全身を魔力が駆け抜け、自然と口から詠唱が漏れ出た。

「っ⁉　おまえも同じ魔法を⁉　あ、あれ？　俺の魔法は⁉」

違う。

俺は魔法を使えない。

──詠唱ごと奪い取ったのだ。

男はそれに気づいておらず、魔法が発動しないことを疑問に思って辺りをキョロキョロと見回している。

「なるほど……俺たちを炎魔法で黒焦げにするつもりだったのか」

そう言うと、溢れ出んばかりの魔力を炎に変えた。今まさに、自分が放とうとした魔法とまったく同じ魔法を使われて、男はひどく狼狽する。

「て、てめぇ！　何をした！」

「何をって……スキルだよ」

「スキルだと⁉」

「俺は魔法が使えない。だから、このスキルであんたの魔法を奪ったんだ」

「バカな……たかがスキルごときに、俺の魔法が屈したというのか！」

どうやら、この男も、魔法に比べて取得が容易なスキルを見下すタイプだったらしい。

さて、これ以上ここにいるとさすがに増援が来そうなので、さっさと倒してここから脱出といくか。

「はあああああっ！」

俺は魔力で生みだした炎を無数の矢の形に変えて男へと放つ――が、直撃はさせない。

あくまでも目くらましの効果を期待して、男の足元を狙った。

「うおっ⁉」

服に炎が引火した男は、消化するために大慌てでその場を離れていく。

「今のうちだ、エルシー」

「はい！」

俺とエルシーは大騒ぎとなる前に旧鉱山を脱出。

今回の件……ゾイロ騎士団長に報告すれば、きっと適切な対処をしてくれるはずだ。

おまけに、新しいスキルも試すことができた。

ちょっと危ない場面もあったが、収穫の多い偵察となったな。

帰りはちょうど街へ向かう馬車を見つけ、その荷台へと潜り込むことに成功。これで母上と約束した夕方までには帰れそうだ。

——おまけに、魔鉱石って手土産までくっついてきている。

「間一髪でしたね、ハーレイ殿」

「おう。……報告が楽しみだ」

そう決めて、俺は手にした魔鉱石を強く握りしめるのだった。

旧マディス鉱山から戻った翌日。
抜けるような青空の下、俺は王都のシンボルになっている時計台の近くに身を隠し、騎士団の詰所を見張っていた。

本来ならばエルシーも同行するはずだが、彼女は学生の身でありながら、サーシャの専属ボディガードに抜擢されており、今日はそのサーシャが外出をすることになっているのでそちらについていかなければならない、と涙ながらに語っていた。

それにしても……やっぱり優秀だったんだな、エルシーって。

「——って、余計なことばかりに気を取られてちゃダメだ」

気合いを入れ直し、監視を続ける。

「トレイトン商会はまだ来てないな」

街は各地方からやって来た行商たちが店を開く——いわゆる朝市の活気と喧騒に包まれていた。カラフルな果物、緑や紫の魚がこの世界の通貨で売られている。そんな街の様子にも興味が湧いてついつい集中して眺めてしまう。……それがいけなかった。

「あっ！」

詰所に馬車が横付けされているのに気がついた。ちょっと目を離したすきに商会は武器の納入を始めてしまったようだ。

「急がないと！」

この作戦はアレン・トレイトンとグランさんのふたりが揃っていなければまるで意味がない。

だから、今は絶好機と言える。

俺は平常心を保つよう心掛けてから、詰所の扉を開けた。

「お邪魔します」

俺の声に反応を示したのはちょうど目の前にいたふたり——黒幕のアレン・トレイトンとグラン分団長だ。

「おお、ハーレイか。ちょっと待っていてくれ。もうすぐ——」

「グランさん……突然ですが、これを見てください」

俺はグランさんの言葉を遮るように、手近なテーブルに例の魔鉱石を置く。

「これは……魔鉱石？」

「旧マディス鉱山です。こっそり忍び込み、採掘現場からくすねてきました」

「何？　バカな……あそこにはもう採掘できる鉱石はないとトレイトン商会の調査で明らかになっているはず」

グランさんの視線は自ずとアレン・トレイトンへと向けられる。

しかし、当の本人は何食わぬ顔で語り始めた。

「確かに、もう旧マディス鉱山からはなんの鉱石も採掘できません。それは私共商会だけが証言しているのではなく、国の領地管理官が正式に認めたという書状があります。必要ならば今からお持ちしますが？」

「いや……俺もそれは知っている……」

グランさんの視線が、今度は俺を捉える。彼は俺の言語スキルを知っている。だからきっと、アレン・トレイトンが嘘をついていないかどうか教えてくれってことなんだろう。

結論を言えば——今の言葉に嘘はひとつもない。

俺の【嘘看破】が反応していないのだ。

……本当に真実なのか？

じゃあ、どうしてこの魔鉱石は採掘できたんだ？

「これは色も形も魔鉱石に似ていますが、よく似た鉱石は結構あるんですよ。調べてみればそっくりの偽物かもしれませんよ」

「む？　そ、そうなのか……」

アレン・トレイトンの自信に満ちた態度を前に、グランさんが言葉に詰まる。

もしや、俺のスキルに気づいてそれとなく嘘を隠している？　——あり得ない。あれだけ言葉数も多いんだ。すべてを隠し通すなんてできっこない。必ずどこかに綻びがあったはず。

どこだ？

その綻びはどこなんだ？

可能性があるとすれば――さっきの言葉に嘘がふたつあるのではないか。

「！　もしかして……」

鉱石の有無ではなく、そのあとに出た領地管理官が出したという正式な書状――これが嘘を見抜く対象となっているんじゃないのか？

つまり、【嘘看破】は発動していた。

しかし、その項目は「魔鉱石の有無」ではなく、「領地管理官が正式に書状を出した」という点。

だとしたら――その項目を変えてやればいい。

「……アレンさん」

「なんだい？」

「この鉱石は……絶対に旧マディス鉱山からは採掘されないんですか？」

「君もしつこいな。――出ないよ。絶対に」

その瞬間、頭の中で鐘の音が鳴る。

合図が来た！

ということは、さっきの俺の見立ては正しいと見て間違いない。それと、アレン・トレイトンは俺のスキルについて知らない可能性もグッと高まった――だとすれば、問題なくヤツを追い詰められる。

まずはこの事実を突きつけよう。

――さあ、ここから攻めに転じるぞ。

「アレンさん……今、嘘をつきましたね？」

「な、何？」

「俺には嘘を見抜けるスキルがあるんです」

その言葉を耳にした途端、初めてアレン・トレイトンの表情が歪む。無言だけど、あえてセリフをつけるなら「なんだと⁉」といった具合か。

「今あなたの言った魔鉱石は今のマディス鉱山から採掘されないというのは嘘ですね？」

「な、何を言っているんだ、君は」

あからさまに動揺しているな。

ここまでくればあと一押しだ。

「モンスターに魔鉱石を埋め込んで強化し、レヴィング家のご令嬢であるサーシャを襲撃させたのもあなた――いえ、トレイトン商会の仕業ですね？」

「バカを言うな！」

アレンさんは声を荒らげる。

「お、恩義あるレヴィング家に対して我が商会がそのようなマネをするはずがないだろう！　子どもだからとてこれ以上侮辱すると許さないぞ！　大体、私はオークのような下劣なモンスターは大嫌いなんだ！」

激しく捲し立てるアレンさんだけど……残念。あんたは今、決定的な証拠を口走ってしまったよ。

「どうして分かったんですか？」

「な、何？」

「なぜ、あなたはサーシャ・レヴィング嬢を襲ったモンスターの種類がオークだと知っているんですか？」

「⁉」

実は、サーシャの乗った馬車がモンスターに襲撃されたという事実は表沙汰にこそなってはいるが、どんなモンスターに襲撃されたかについては言及されていない。これについては確認済みだ。

レヴィング邸でグランさんがその話題を振られても、「モンスター」としか答えなかったのには、数年ぶりに現れたモンスターに対し、国民が不安を募らせないよう、最低限の情報だけを公表するようにという意図があったからだ。

それなのに、アレンさんはオークだと断言した。

「なぜ知っていたのか……その理由は明白です。——あなたがオークへ魔鉱石を埋め込むよう指示を出したから知っていたんですよね？」

「ち、違う！　私はそのような指示を出した覚えはない！」

カーン、と鐘の音が頭の中で鳴り響く。

「あ、それも嘘だ」

「ぬぐっ⁉」

あとはもう、喋れば喋るほどボロが出る。まさに泥沼だ。

「少し……話を聞いてもいいですかな？」

グランさんに肩を叩かれたアレンさんはその場に膝から崩れ落ちる。

身柄を拘束して連行された後、グランさんがやってきて俺の肩をポンと優しく叩いた。

「またしても君の言語スキルに助けられたな」

「そ、そんな……」

「よくやってくれたよ」

短い言葉ではあったが、とても嬉しかった。

無価値だと思っていた自分が誰かの役に立っている……大袈裟かもしれないが、生きていてもいいんだって思えてきたよ。

一方、アレン・トレイトンに対してはこれから騎士団による厳しい尋問が行われ、事態の全容が明らかになるはずだ。

――その後の話をしよう。

大人同士の話が始まったわけだが、俺の【嘘看破】を発動させ、嘘の証言をさせないように同行した。

もはや言い逃れはできないと悟ったのか、アレン・トレイトンは早々に降参。

数日後、実際に騎士団が旧鉱山へ調査に赴き、その実態を調査した結果、俺の証言通りの光景が広がっていたという。

廃鉱山の管理を任されるほど国から信頼を置かれていたトレイトン商会の裏切りという信じられないオチがついただけでなく、身内であるはずの領地管理官まで抱き込まれていたらしい――その事実がもたらす衝撃はことのほか大きかった。

ただ、グランさんはこれで終わりだと思っていないようだ。

後日、騎士団の面々とともに屋敷へ礼を言いに来たグランさんは、真相解明に全力を注ぐと俺や父上たちにそう宣言したのだった。

俺が商会の裏の顔を暴いて数日後。

父上には「嘘をつき、子どもだけで危険地帯に足を運ぶとは何事だ！」とこっぴどく怒られるも、同じくらい盛大に褒められた。

母上は心労が増えるからやめてほしいとお願いされたので、今後は控えようと思う。

その日、俺と父上、そして今日は母上も一緒にリーン村へと来ていた。

実は、リーン村では今日、神木祭というお祭りが行われる。今はその準備が着々と進められており、王都で仕入れてきた食材をふんだんに使った料理や一級品の酒が丸太をぶった切って作った即席のテーブルにお行儀よく並んでいた。

「凄いご馳走だ」

「つまみ食いするなよ、ハーレイ」

父上に釘を刺され、伸ばしていた手を引っ込める。

「そういえば、今日は特別なお客様がいらっしゃるって村長さんが言っていたけど……ハーレイが招待したんだって？」

「ああ、うん。そうだよ」

母さんの言う特別なお客様というのはもちろんレヴィング家の方々——実は例の事件解決後に、エルシーを通して招待していたのだ。

サーシャに神木祭への参加を提案したのは俺だ。正直、ゾイロ騎士団長が了承を出さないかもしれないと思っていたが、とりあえずひと安心だ。

今朝、エルシーがわざわざそれを伝えに来てくれて、その一報を聞いてから俺のテンションは上がりっぱなし。今も積極的に祭りの準備に励んでいる。

「はい。もうひとつできたよ」

「ありがとうございます！　早速飾って来ますね」

彫刻刀を手に、父上たちが切った木をランプの形に加工して村の子どもに渡す。

この森に自生する木にはある大きな特徴があった。

それは——非常に燃えづらいということ。いや、燃えづらいというかまったく燃えないんだな、この木。名前はたしかラディだっけ？　どういう構造してるんだか。

　ともかく、そうした独特の特性を持ったこの木を使って作るランプもまた、この村の特産でもある。照明用の発光石を覆う木製のランプシェードっていうのなら見たことあるんだけど、ランプ自体を木で作れるのはこの木ならではと言える。

　こうやって、村の人たちで作ったこのランプをあちこちに飾って明かりにするのも、この祭りを盛り上げる演出のひとつ。森の木々に感謝を捧げるって意味があるらしい。

「ハーレイ！」

　ランプを作っていた俺を呼んだのは父上だった。

「頼まれていた切り株を持ってきたぞ！」

　どうやら、頼んでいたモノを持ってきてくれたみたいだ。

　父上を含めた複数人の大男たちが、巨大な切り株を神輿みたいに持ち上げている。その大きさは幅三mほど。いいね。イメージ通りだ。

「ありがとう！　それはこっちに置いて！」

　俺は父上たちに指示を出して切り株をセッティング。

「運んどいてから聞くのもなんだが……これは一体何に使うんだ？」

「本番のお楽しみだよ」

これは今日のサプライズゲストであるサーシャのための仕掛けだ。

喜んでくれるといいんだけど。

そうこうしているうちに夜が訪れた。

木製ランプの淡い光に誘われるかのごとく、村の外からも多くの人が参加のためにやってくる。

ちなみに、今日は森の恵みに感謝するお祭りなので、料理や酒は無料で飲み食いし放題という大盤振る舞いらしい。

それを目当てに来る人でごった返すのだ。

ますます「サーシャが来るの、よく許可が下りたな」と思っていたら、

「今日はお招き感謝するわ、ハーレイ」

「こんばんは、ハーレイ殿」

村の工房でお土産用のランプを作っている俺のもとへ、サーシャとエルシーがやって来た。

「やあ、ふたりとも、今日は来てくれてありがとう」

ランプ製作は一時中断し、ふたりに挟まれる形で外へと出た。

今宵一番の大物の登場に、周りも騒然としているようだが——あのふたりというよりその周りの様子に驚いている感じだ。

サーシャとエルシーの周囲には屈強な騎士たち七人がガードをしている。なんでも、グランさんの部下らしいけど……て、そういえば、グランさんの姿が見えないな。

「レヴィング家の護衛とは大変だな、グランよ」

「いえ、私も一度はオリバー副団長のいる村を訪れたいと願っていたので」

「おいおい、俺はもう騎士団の人間じゃないんだ。副団長はよしてくれ」

「そうでしたね。失礼しました」

村長のオリバーさんと何やら話し込んでいる。あの様子だと、村長が騎士団にいた頃からの知り合い同士みたいだな。そういえば、村長は副騎士団長を務めていたって、前に父上が話していたな。

「神木祭には初めて来たけど……お父様の言っていた通り、凄く賑やかな祭りね」

性格上、こうした騒がしい空気が好きそうなサーシャは想定通り目を輝かせて辺りを見回している。しかし、そんなお嬢様の護衛役を担うエルシーはさぞ緊張して——

「うおおおおっ！」

――いるかと思いきや、首を上に向けて何かを熱心に見つめている。その視線の先にあるのは、俺が作ったランプだった。

「あのランプ……木なのに燃えないんですね。もしかしてラディの木ですか？」

俺が近づくと、サーシャがランプをしげしげと見つめたまま質問してきた。

「ああ、そうだよ。この森にはラディが多く自生しているんだ」

「……図鑑に載っていたので知識はあったけど……でも、本物をこうして直に見たのは初めてだわ。想像していたものとはまるで違う」

サーシャの声が弾む。飛び上がるほどはしゃぐってわけじゃないけど、とりあえず楽しんでもらえてはいるようで何よりだ。

「ランプの形に加工したのは村の人ですか？」

エルシーも、ラディのランプが気になったようだ。

「いや、そこにあるのは俺が作ったランプだよ」

「「えっ⁉」」

驚きの声をあげるタイミングが綺麗に重なった。証拠を見せるよと言ってふたりを工房内へと案内し、さっきまで手掛けていた作りかけのランプを手にとる。

「へぇ……この短刀で木を削り、形を整えるのね」

俺の愛用彫刻刀を手に取り、ジロジロと観察を始めるサーシャ。持っている物が刃物だけあって、エルシーを含めた護衛につく騎士たちは気が気でない。

「凄いわね、ハーレイ！」

またも瞳を輝かせてランプを見つめるサーシャ。

喜んでもらえてよかった。こっそり特訓した甲斐があったというものだ。

さて……そろそろアレの出番かな？

現在、俺の指示により、切り株の周辺には仕切りが置かれていて中の様子がわからないようになっている。これは、せっかくのサプライズが事前に漏れないようにするための配慮だ。俺は進捗状況を知るため、仕切りの中で作業をしている人たちへ声をかける。

「どうですか？」

「ハーレイ様に言われた通り飾りつけていますが……これでいかがでしょう？」

「凄い！　イメージピッタリですよ！」

「それはよかったです。しかし、これは一体なんですか？」

「今日のゲストのための舞台なんだ」

「レヴィング家の方々の？」

作業していた大人たちは揃って首を捻る。

そりゃそうだろうな。いつも煌びやかな屋敷の中にいる彼らが、こんな切り株で作った即席の舞台で喜ぶはずがないって思っているに違いない。

確かに、外観はお世辞にも立派とは――あ、いや、作ってくれた人たちの熱意は十分に伝わる。あくまでも、貴族基準で考えた時の話だ。

とにかく、この手製の舞台をきっと気に入ってくれるはず。

「サーシャ」

俺は村の人が仕事で使う大型の斧に興味津々のサーシャへ声をかける。

「見せたい物があるんだ」

「？　見せたい物って……？」

「これだよ」

俺は合図をして、仕切りを外してもらう。現れたのは俺や村の大人たちで飾りつけた切り株の舞台。はじめは意味がわからないようでただ茫然とその切り株を眺めていたサーシャだったけど、だんだんと理解できてきたようで、

「これ――私が好きだって言った小説の……」

そう。

この切り株の舞台は、以前サーシャが俺に見せてくれた小説の挿絵に載っていた、妖精

が月明かりの下で踊っているシーンに登場したもの。この切り株の舞台の上で、妖精たちは楽しそうに踊っていた——俺は、そのシーンを再現したかったんだ。

「凄いわ！　挿絵にあったのとまったく同じなんて！」

サーシャは駆け出し、切り株の上に飛び乗った。初めて会った時からは想像もできないくらい活発な動きだ。

しかし、俺以上に衝撃を受けている人たちがいた。

「あのサーシャ様が……あんなにもはしゃいで」

護衛のエルシーは目を丸くして切り株の上ではしゃぐサーシャを眺めていた。エルシーだけじゃない。世話係としてついてきたメイドや執事たちも、その変化ぶりに口を大きく開けて驚いている。

「サーシャお嬢様があんな大声を……」

「信じられない……」

それだけにとどまらず、護衛の騎士団の中でサーシャと面識のある者は、やはりエルシーたちと同じような反応だった。

「気に入ってくれたかな」

「えぇ！　とっても！」

ニコリと笑ったサーシャは俺に駆け寄り、手を取って一緒に切り株の舞台へ行こうと誘う。

「踊りましょう、ハーレイ！」

「え、あ、ちょっと⁉」

サーシャに引っ張られるままに、俺は切り株の舞台に上がってダンスをする。……ダンスと呼べる代物じゃないな。

ただサーシャの動きに合わせてポーズを取っているだけだ。

そんなお粗末な踊りでもサーシャ自身は満足なようで小説の挿絵と同じように舞っている。

俺とサーシャのダンスを見た村人たちもボルテージが上がる。

「いいぞ！　もっとだ！　もっと歌え！　もっと踊れ！　ほらほら、音楽を絶やすんじゃねぇぞ！」

見たこともない楽器が、聴いたこともない音色を奏でている。

シャンデリアもドレスもない、名もなき舞踏会。

険しかった騎士たちの顔も次第に緩んでいく。執事やメイドたちも、平静は装ってはいるが、音楽に合わせて足踏みをしている。

とうとう我慢できなくなった騎士のひとりが踊りだす。それを皮切りにひとり、またひとりと踊り始めた。

月明かりの下で、貴族も騎士も関係なく、ただただ素直にダンスを楽しんでいる。

百年以上続くという神木祭は、きっとこの年が最高の盛り上がりを見せただろうと確信できるほど賑やかなものになった。

第四章　モンスターの村

祭りの翌日。

この日は森で鍛錬をしようと、リーン村を訪れたが、その様子は前夜の賑わいが嘘のように静かだった。

ちなみに、今日は午後から雨模様になって来たので「ひどくなる前に戻ろう」という父上の意見に従い、ちょっと早めに村へと戻って来たわけなのだが、村長の家の前を通りかかった際、何やら話し合っている声が聞こえた。

見ると、ひとりの中年男性が村長と話をしている。

ちょうど通りかかった村人に詳しく話を聞いてみた。

「あそこで村長と話をしているのって……」

「フレッドですね。畑で何かあったのでしょうか？」

ふむ。何か問題が起きたのなら、父上に相談しないといけない。

首を突っ込んだらいけない案件かもしれないと危惧したけど、話しかけてみたら意外にもフレッドさん自身が全容を伝えてきた。

「ハーレイ様！　聞いてください！　うちの畑が荒らされちまったんだ！」

「畑が？　動物の仕業ですか？」

「それが、獣除けの罠は全部破壊されていたんです。あんなの野生動物には無理だ。だからといって、人為的なものとも思えない」

……ちょっと待ってよ。だとしたら、犯人はアレしか考えられないじゃないか。

「モンスターか……」

「そうです！　モンスターなんです！　俺はこの目でしかと見ました！」

興奮気味に話すフレッドさん。

もしかして、旧鉱山で採掘された魔鉱石を埋め込まれたヤツか？

騎士団に睨まれたから証拠隠滅のため、囲っていたモンスターを解き放った可能性もあるな。

俺が動揺していると、オリバー村長が口を開いた。

「とにかく、俺は今から領主様のところへ行って騎士団にその話をしてくる。フレッドはその話を他の村人たちにも教えておいてくれ。それと、しっかりと戸締まりをすることも忘れずにな」

「はい！」

「ハーレイ様も、お送りいたしますので明るいうちに今日はお戻りを」

「あ、ああ」

大人たちの話し合いは終わり、それぞれの役割を果たすために散っていく。俺は父上に家へ帰るよう言われたけど──当然、このまま帰宅なんてしない。

「……少し、辺りを見てくるか」

以前の俺ならば、こんなことは言い出さなかっただろう。しかし、旧鉱山の事件を解決させたことが、俺に大きな自信を与えていた。

「さて、どこにいるかな」

リーン村の畑を荒らすというモンスター。そいつを倒そうと思っていたのだが、手掛かりもなく歩いていたため、当然そう簡単には見つからない。しばらくあてもなく歩き続けていたら、頬にポツポツと水の当たる感触。

「げっ！　降ってきた！」

思っていたよりもずっと早く降りだしてきたな。

「すぐに戻らないと」

ここまでにして、村へ戻ろうと踵を返した瞬間、視線の先に怪しい黒い影が揺れていた。人形の輪郭を描くその影の正体を理解した瞬間、思わず「あっ⁉」と叫んだ。

『なんだぁ？』

現れたのは俺が探し求めていたモンスターで、その種族はリザードマンだった。

初めて見るモンスターに驚くも、俺の関心は別のところに寄せられている。

赤い。

リザードマンの鱗は血のように真っ赤だったのだ。

「こいつもあの鉱石が埋め込まれているのか……」

どうやら、俺の予想は当たっていたようだ。恐らく、あいつはアレン・トレイトンが証拠隠滅を図って解き放ったはぐれモンスターのようだ。

薄暗い森の中で光る赤い双眸は真っ直ぐこちらを見据えている。

互いの視線がぶつかってしばらく時が止まった。降り注ぐ雨が地面に打ちつけられる音だけが流れる中、先に動いたのはリザードマンだった。

突然しゃがみ込んだと思ったら、次の瞬間、「ドン！」という音とわずかな衝撃のあとで、忽然と姿が見えなくなった。

「なっ⁉」

俺は慌てて辺りを見渡す。しかし、どこにもリザードマンの姿はない。もしや、逃げたのだろうか——と、油断したのが失敗だった。

『死ね』

雨音にかき消されそうなほどの小さな、しかしたしかな殺意が込められた声が頭上から聞こえた。

「くっ！」

俺は見上げる間もなく横っ飛びして回避。雨を含んだ湿った土は、リザードマンの鋭い爪で抉り取られていた。

もうちょっと回避が遅れていたら……背筋にゾクッと冷たい怖気が走る。

「お、おまえが畑荒らしの犯人か⁉」

『人間のガキは肉が柔らかいからいいよなぁ』

「人の話を聞けよ！　おまえは村の畑を荒らした犯人なのか？」

『うん？　おまえ……俺の言葉がわかるのか？』

俺が言葉の通じる人間であることにわずかだが動揺したみたいだが、すぐにその顔つきは獲物を前にした捕食者のものになる。

『いいねぇ……そういう変わった力を持った人間の肉は格別にうまいんだよな！』

リザードマンは舌なめずりをした後、再び襲いかかってきた。

「速い⁉」

リザードマンの動きはまったく目で追えなかった。

左か右か——そんな単純な位置把握さえできないほど、敵の動きは俊敏だったのだ。

リザードマンの動きについていくことすら難しく、防戦一方。致命の一撃をもらわないようにしながら、なんとか退路を確保しようとするが、俺のそんな思考さえ読み取ったかのような動きで先回りしてくる。

「くそっ⁉」

反撃を試みるも、俺の繰り出す攻撃は常に一歩遅かった。

もっと速く。

もっと鋭く。

もっと力強く。

強い願いとは裏腹に、俺の攻撃はかすりさえしない。

「……負けてたまるか！」

腹を決めた俺はリザードマンに立ち向かったのだが、その直前で目の前を大きな影が横切った。そして「なんだ？」と思うよりも先にリザードマンが吹っ飛んで木の幹にその全身を打ちつけていた。

「い、一体何が……」

事態を把握しきれず、ファイティングポーズのまま硬直している俺の前に現れたのは、

『やれやれ……この森でまた人間を助けることになるとはな』

別個体のリザードマンだった。

こっちは赤くなく、緑色をした皮膚。さらに、胸には大きな十字傷が刻まれていた。

敵が増えたのかと焦ったが、あいつは襲ってきたリザードマンを吹っ飛ばした。

もしかして……味方か？

『貴様……同族のくせに人間の肩を持つのか？』

『人間も何も関係ねぇ。ここは俺の縄張りだ。さっさと出ていけ』

視線の火花が飛び散り、肌を刺す緊張感が激しい雨音さえも黙らせる。だが、その感覚はあっという間に弾け飛んだ。鋭い爪と牙が互いの体に深く食い込み、雨に紛れて鮮血が地面を濡らす。

『ぐがっ……』

うめき声をあげて倒れたのは赤色のリザードマン。赤いオークのように強化されているはずなのだが、ノーマル種と思われる緑色のリザードマンが勝利した。

「す、凄い……」

素直にそう思いつつ、リザードマンへと近づいていく。

『あん？　こいつ……俺が怖くないのか？』

「だって、俺を助けてくれたじゃないか。とても悪いヤツには思えないよ」

『そうか――て、おまえモンスターの言葉がわかるのか⁉』

……何度目だろうな、このやりとり。もしかして、これからモンスターと会話する時には絶対に発生する強制イベントになるのか？

『ぐ、お、おぉ……』

脇腹を抑えながら立ち上がるリザードマン（悪）だが、すでに限界なようだ。

おまけに、俺が戦線に加わって二対一という状況になったことも、戦意低下の要因に一役買っていた。

『しつこい野郎だ……早く失せろ。二度とこの地に足を踏み入れるんじゃねぇぞ』

最後の睨みがダメ押しになった。リザードマン（悪）はそれ以上何も言わず、深手を負った体を引きずるようにしてその場から立ち去る。

正直言って、とどめを刺さなかったのは不安が残る。

あいつが腹いせに仲間を引き連れて襲いに来るんじゃないか？

『安心しろ。あいつはもうこの地に足を踏み入れない。俺たちモンスターの本能がそうさせるんだ』

と、リザードマン（善）が説明してくれた。

本能……か。

根拠も何もないけど、同族である彼がそう言っているんだからそうなのかな。半信半疑ながらも、俺はその言葉を信じるしかなかった。

ようやく落ち着きを取り戻した頃、あれだけ激しく降り続いていた雨も嘘（うそ）のように上がり、空には星が広がっていた。

「もうこんな時間に……」

さすがにこれ以上遅くなるとまた村総出での捜索になってしまう。でも、俺としてはもっとこのリザードマンと話をしてみたかった。

「君はよくここに来るの？」

『たまにな。あっちの村人はモンスターに対して警戒心が強いみたいだし……で、それがどうした？』

「俺はもっと君と話がしたい」

素直な気持ちをぶつけると、リザードマンは目を丸くする。

『そうか……でもま、今日のところはもう帰れ。大勢の人間の臭いがこっちへ近づいてきている。大方、姿の見えなくなったおまえを捜しているんだろう』

リザードマン（善）はそう言って遠くを見つめる。耳を澄ますと、かなり小さいが、大人の男性のものと思われる声が聞こえてきた。村の人たちみたいだ。

『ほら行けよ』

「………」

俺がどうしようか迷って動けないでいると、リザードマンは大きくため息をついた。

『はあ……わかったよ。明日だ。明日、ここでおまえを待っている。ただし、明日一日だけだぞ』

「！　分かった！　明日の午後には必ず来るよ！　だから帰らずに待っていてくれよ、リザードマン！」

『セスだ』

「え？」

『俺の名前はセスっていうんだよ』

「……モンスターに名前ってあるの？」

『悪いか？　……まあ、俺は特別なんだよ。それに、名前があればさっきみたいに同族に絡まれても間違えることはないだろ？』

「う、うん。あ、俺はハーレイ。ハーレイ・グルーザーっていうんだ」

『ハーレイか……覚えたぜ、ハーレイ』

自己紹介を済ませたわけだけど……モンスターに名前って。

なんだか、このリザードマン――いや、セスは妙に人間臭いところがあるな。

結局、俺とセスはそこで別れ、俺は捜索をしに来ていた大人たちと合流。

その後、父上には怒られ、母上には泣きじゃくられ、俺が行方不明になっているとたまたま村に暖炉用の木材を補充しに来ていたレヴィング家のメイドから話を聞いたゾイロ騎士団長が、翌日騎士団を引き連れて村に押し寄せようとするなど、こちらの想像をはるかに超えた大騒動に発展していった。

……これからは自分の言動にもうちょっと責任を持たなくちゃいけないな。

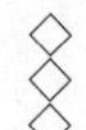

ゾイロ団長率いる騎士団の捜索隊が引き返してから、俺は湧水を汲みに行ってくるという口実のもとに再びあの森を訪れていた。

今回の目的はセスと話をするため。

一応、ここにも湧水はあるから約束を破っているわけじゃないので、限りなくグレーに近いセーフってことで。

「セス、いる？」

俺が問いかけると、一本の木が激しく震動し始めた。そして、

『ここだ』

木の上からセスが飛び下りてきた。

「約束通り、いろいろと教えてもらうからな」

『構わねぇよ。――その前に、ひとつ謝らなくちゃいけないことがある』

「謝らなくちゃいけないこと？」

なんでいきなり謝罪？

そう思っていたが、セスが『これのことだ』と言って取り出したある物を見て、その言葉の意味を理解する。

「それ……荒らされた畑の作物？」

フレッドさんの所有する畑で栽培されているジャガイモだった。

「じゃあ、これを盗んだのは……」

『すまねぇ。うちの村のモンスターが盗んだんだ』

まさか、セスの方が畑荒らしの犯人だったなんて。それじゃあ、昨日のもう一体のリザードマンは無関係？　いや、それよりももっと気になる言葉が紛れ込んでいたぞ。

「あの、村って？」

『モンスターたちだけで暮らしている村だ。住んでいるのは俺のように、人間と敵対することを嫌う変わり者ばかりで、あまり人間が立ち入らない森の奥でひっそりと生活している』

「セ、セス以外にも人間に対して敵対意識を持っていないモンスターがいるの⁉」

『うちの村にいるだけで十三体はいるぞ』

そんなにいるなんて……意外だ。

「でも、それならどうして人間の畑を荒らしたりなんてしたんだ？」

『理由はある。……それで、おまえさえよければなんだが』

セスは少し言いにくそうにしながらも、ひとつ深呼吸を挟んでから俺に提案をする。

『俺たちの村に来てくれ。モンスターの言葉がわかり、俺たちを怖がらないおまえに会わせたいヤツがいるんだ』

モンスターたちの住む村へ行く。

字面（じづら）だけ見たら単なる自殺行為だけど、住んでいるモンスターは皆人間に対して敵対心を持っていないという。それを鵜呑み（うの）にしてホイホイついていくのもどうかと思うが、俺にはどうしても気になることがあった。

それが――セスの言った、「会わせたいヤツ」の存在。

「会わせたいヤツって、誰なの？」

『……来れば分かるさ』

歯切れの悪いセス。

その後も追及してみたが、詳しくは村に来て直接会ってほしいとのことだった。

すでに発動させている俺のスキル【嘘看破】に反応はない。俺を騙（だま）そうとしているわけではなく、本当に会ってもらいたい存在がいるらしい。それと、住んでいるモンスターに敵意がないというのも事実のようだ。

『無理にとは言わんが』

セスも、俺が考え込んでいる姿を見て一歩引いた態度を示す。その言葉も、強引に誘うのではなく、ちょっと引き気味に応対した方がいい反応が得られる――という下心から出た嘘ではないようだ。

決断を俺の意思に委ねている。

そう感じられたから、

「行くよ――モンスターの村に」

村へ行くことを決めた。

『そうと決まったらついてきてくれ』

セスの案内で、俺は踏み入れたことのない森の奥部へと足を運ぶ。

鬱蒼と生い茂る木々は天から降り注ぐ日差しを遮り、昼間だというのに薄暗く、どこか不気味な雰囲気が漂っている。地面から飛び出した大木の根はアーチ状に重なり、天然のトンネルとなって俺たちを導いているようだった。

そこを抜けると、開けた空間へと出た。四方を木々に囲まれてこそいるが、リーン村の中心広場よりも広大なその敷地には数体のモンスターの姿が。

『ようやく戻って来たかセス――て、そっちの子はまさか……』

『見ての通り、人間の子どもだ。森で出会って、ここへ連れてきたんだよ』

集まってきたモンスターたちの間で動揺が広がった。

『ほ、本当に連れてきたのか？　さらって来たわけじゃなく？』

『合意の上だ』

不安そうに尋ねたのはオークだった。以前、サーシャが乗った馬車を襲撃した赤オークではなく、全身が深い緑色をしたいかにもなカラーリングのオークだ。その脇を固める二匹のゴブリンも、興味深げに俺を眺めている。

『おまけに、こいつは俺たちモンスターと会話ができるんだ。おまえたちも、話したいことがあったら言ってみろ』

『『『え、ええっ⁉』』』

モンスターたちはお互いに顔を見合わせている。何か、俺に質問をしたげな感じだったが、恥ずかしいのか誰も口を開かない。やがて、ようやくオークが口を開いた。

『は、はじめまして……オークのマーレといいます』

丁寧な口調で自己紹介をするマーレという名のオーク。

「マーレだね。俺はハーレイ・グルーザーだ。よろしく」

『よ、よろしくお願いします』

ペコッと軽く頭を下げるマーレ。なんて礼儀正しいオークなんだ。敬語まで完璧に使いこなしている。

『お、おいらはゴブリンのジュジってんだ。こっちは弟のザジ』

『よ、よろしく』

「ああ、よろしくな」

二匹のゴブリンとも挨拶を交わす。

よく見たら、彼らはかつて木陰から村の様子を見ていた二匹のゴブリンで、俺のことも覚えていたようだった。

「それにしても、どうして畑荒らしなんか……」

『ここにいるモンスターたちにとっちゃ、肉よりも人間の育てる作物の方が最高にうまい食い物だと感じているんだ。それで……つい、な？　――ホントにすまなかった』

その態度から、本気で反省はしているようだ。

「そこまで好きなら、今度育て方を教えるよ」

『！　俺たちにもあれを育てられるのか⁉』

「できるさ。これだけの植物が生い茂っているんだから、土壌は問題ないはずだし」

俺の言葉に、モンスターたちは雄叫(おたけ)びをあげた。

言葉を理解できなきゃただ威嚇されているだけにしか感じないんだろうな。

ここまで楽しみにされちゃ、俺も期待に応えないわけにはいかない。これ以上村の畑に被害が出ないよう、フレッドさんにおいしい野菜の育て方を教わらないと。

ちなみに、モンスターたちの名前はみんなセスが付けたらしい。こうなると、セスの名前の名付け親が気になるな。モンスターは命名するなんて風習がないみたいだし。あとで聞いてみるとしよう。

そんなこんなでひと通り自己紹介を終えると、セスがマーレに声をかけた。

『マーレ、あいつはどうした？』

セスが誰かを捜しているようだ。

恐らく、俺に会わせたいといった者だろう。

『あいつ？　――ソフィのことか？　山菜を採りに行っているけど……そろそろ帰って来るんじゃないかな』

それが、俺に会わせたいという者の名前のようだが……どうやら、女性みたいだな。

『おっ、噂をすれば帰って来たぞ』

オークのマーレが指さす方向にいたのは――俺と同じくらいの年齢の女の子だった。

木々の隙間から漏れ届く淡い陽光を浴びて輝く銀髪が特徴的。その大きな茶色の瞳が俺の視線とぶつかると、女の子の足が止まった。

どう見ても人間だ。

それも、可愛い女の子。

森で捨てられ、モンスターと暮らしていた女の子だ。

俺はその子に駆け寄るが、すぐに立ち止まる。遠目に見ていた時には気づかなかったけれど、こうして近づいてみてその子のもうひとつの特徴に目を奪われた。

スッと横に伸びた長い耳。

それを見て、俺は考えを改める。

彼女は――人間じゃない。

「エ、エルフ族？」

「⁉」

俺がそう言った途端、エルフ少女はビクッと体を震わせると、こちらへ背を向けて逃げるように反対方向へと駆けていった。

「あっ」

『ちょっと人間嫌いなところがあってなぁ……まあ、おまえと交流を重ねていくうちにそれも直るだろう』

少し困ったように、セスは言い、さらにあのソフィというエルフの少女についての情報を語る。

『あいつはハーフエルフだ』

「な、なんだって⁉」

『でなきゃ、赤ん坊の頃、森の中で毛布にくるまれた状態で捨てられていたなんて事態にはならなかったろうよ』

「た、確かに……というか、エルフとは言葉を交わせるの？」

『君ら人間と同じだ。俺たちはヤツらの言葉を理解できるが、向こうは俺たちの言葉を理解できない。エルフが純血以外に対して嫌悪感を抱いていることを知ったのは、昔たままヤツらの話を立ち聞きしたからだ』

俺のスキルも発動してないし、今の話は真実と判断してよさそうだ。

「でも、だからって……生まれたばかりの子を森に置き去りなんて……よほどの事情があったんじゃないかな」

『確かに……もしかしたら、何か別に理由があったのかもしれんな』

うーん……こればっかりは判断できないな。

「ところで、あの子を俺に会わせたいって言ってましたけど……」

『そうだ。ハーレイにはあの子に——人間の言葉と知恵を与えてやってほしい。そしてゆくゆくは……ソフィを君たち側の世界へ戻したいんだ』

それが俺をここに連れてきた理由ってことか。

『言葉が喋れないから人間側の世界に馴染めず、だからといってモンスターになれるわけでもない……このままじゃどちらにもなれないまま、あいつは……』

そこで、セスは言葉に詰まった。

表情もどこか寂しげに映る。

彼は心からソフィのことを案じていると、言語スキルを使わなくたってヒシヒシと伝わってきた。

『俺に頼める権利なんてないことは重々承知している。――けど、あいつは、俺たちはぐれモンスターにとっちゃ宝そのものなんだ』

たしかに、山菜採りから帰って来たソフィの周りには、多くのモンスターが集まってきている。

セスだけでなく、この場にいるみんながソフィのことを心配しているんだな。

――で、セスの依頼についてだけど……答えはもう決まっている。

「分かったよ。あの子には、俺が人間の言葉と常識を教える。だから、定期的にこの村へ来るよ」

『本当か⁉』

俺が申し出を了承したことにより、セスは喜びに声を弾ませた。

「うん。セスには命を助けてもらっているからね」

あとは、この村のモンスターたちを見て、協力する意志が固まった。本当にいいモンスターの集まりみたいだし。

あと、野菜盗難の被害を防ぐためにも、彼らにはしっかり農業を覚えてもらう。

さて、これからまたちょっと忙しくなるぞ。

「野菜の育て方の本？」

翌日。

レヴィング家の書庫を訪れた俺はサーシャにいくつか本を見繕ってもらった。そのひとつが野菜の育て方の本だ。

俺の提案その一。

モンスターたちに農業をさせること。

彼らにとって野菜が魅力的な食材であるなら、自分たちで栽培して食す――つまり、自給自足の生活を送れるようにしてやればいい。あと、オークのマーレは花を愛でるのが好きだというロマンチックな趣味が発覚したので、園芸用の本も入手しておく。

「随分と熱心ね。本格的に農業を始めるの？」

俺が農業関連の本を読み漁っていると、サーシャが不思議そうに尋ねてくる。それもしょうがない。貴族が読む本じゃないよな。

「個人的に興味があるだけだよ」

とりあえず、そう言って煙に巻いた。サーシャの性格から、あのモンスター村へ行っても順応しそうではあるが……つい先日、例の魔鉱石絡みの件でモンスターに襲われたばかりだからな。

レヴィング邸の書庫で農業に関する知識をある程度蓄えた俺は、次にこの屋敷のメイドのもとを訪ねた。

サーシャ曰く、園芸のことならメイドに聞くのが一番らしい。なんでも、あの綺麗な庭園の管理責任者であるらしく、その知識量もハンパじゃないって話だ。

「ハーレイ様？　今日はどうされました？」

早速、剪定に勤しむメイドのマリーさんに出くわし、いろいろと話を聞いた。

「草花に関心を持つのは大変素晴らしいことです！」

……どうやら彼女の情熱に火をつけてしまったらしい。そのまま日が暮れるまで講義は続いた。

ちなみに、ゾイロ騎士団長は王都に行っているらしく不在だった。

というのも、以前から話のあった、このアースダイン王国の姫様と隣国バズリー王国の王子の結婚式が約二週間後に行われることが正式に決まったらしく、それに関して今騎士団は護衛の準備や何やらで大忙しなのだという。

レヴィング家でいろいろと話を仕入れた俺は、次にリーン村のオリバー村長のもとを訪ねた。

理由はソフィの受け入れ先について。

「この大陸では内戦がほとんどないため、最近はめっきり減ったと聞きます。まあ、それでもゼロではないのでしょうが」

「そうした子どもたちの受け入れ先ってあるんですか？」

「王都にありますよ」

「……もし、その子がハーフエルフであっても大丈夫ですか？」

「ハーフエルフ？　……まあ、問題はないはずですよ。ただ、受け入れられるには適性検査をクリアする必要がありますが。あと、身元がしっかりと判明していないと厳しいかもしれません。詳しいことは王都にある教会の関係者に聞いた方がよろしいかと」

「ただちょっと気になっただけですから」

身元、か。

そりゃそうだよな。

その辺については今後考えていかなくてはいけないだろう。なんなら、一度王都にあるというその施設へ直接説明を聞きにでも行くか。

とりあえず、現状で集められる情報はこんなところかな。

ここまで集めた情報を持って、明日またモンスター村を訪れるとしよう。

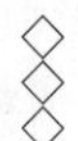

翌日は午前中にリーン村へと立ち寄ってからモンスター村を訪れ、農業の指導に入る。

村のモンスターには前日に提案をし終えているので、俺が到着した時にはすでに準備万端であった。どこかで拾って来たのだろう、ボロボロのスコップや鍬(くわ)まであった。

「それじゃあまずは地面を耕すところから始めよう」

『『『おおう！』』』

俺の呼びかけに息の合った返事をするなんとも素直なモンスターたち。

俺の指示に従い、道具を器用に使って村の外れに用意しておいたという土地をならしていく。もともとパワーは人間以上なので、思っていたよりも早く済みそうだ。あとは大きな岩を取り除きながら平坦に整えればとりあえず下地は完成だ。

和気藹々と楽しみながら作業を進めるモンスターたち。さて、しばらく俺の出番はなさそうなので、その合間にもうひとつの依頼である、ソフィに言葉を教える教師役としての仕事を進めるとしよう。

――と、思っていたけど、ここで俺はあることに気づく。

「あれ？　ソフィは？」

肝心の生徒――ソフィの姿が見当たらない。他のモンスターに交じって土いじりをしているわけでもないようだけど。居所について、セスに尋ねてみると、

『そういやまだ泉から戻ってないな』

「泉？」

『あいつのお気に入りの場所で、この村からすぐ近くにあるんだ。凄く透明感のある綺麗な泉なんだよ』

「へぇ……じゃあ、俺がソフィを呼んでくるよ。その泉も見てみたいし」

『すまねぇな』

セスにそう伝えてから、一旦その場を離れてソフィのいる泉を目指して歩き出す。と言っても、セスの言った通り、村からは目と鼻の先なのですぐわかった。

「おおっ！　たしかにこれは凄いな！　水の底がハッキリとわかる！」

俺は興奮を隠しきれず泉へと駆け寄る。このまま口に含んでもまったく抵抗感を覚えないだろうという泉の水。思わず飛び込みたくなる衝動さえ湧いてくる――と、

チャプン。

水面に広がる波紋。魚でもはねたのか？　俺が音のした方へ目を向けると――魚などではなかった。

そこにいたのはソフィだった。

「ここにいたのか」――と、声をかけようとして、俺の思考は停止した。ソフィは水浴びをしていた。まあ、これだけ綺麗な泉なのだからしょうがない。

問題なのはその格好だ。

一糸まとわぬ生まれたままの姿……ようは全裸なのだ。

「う、うわっ⁉　ごめん！」

慌てて目を閉じたが、なんの反応も返ってこない。

不思議に思ってゆっくり目を開けると、ソフィは裸を見られたというのにまったく隠す素振りがなく、動揺したり悲鳴をあげたりもしない。ただ、俺がアワアワと困惑している様をカクンと首を傾げながら眺めているだけだったのだ。

も、もしかして……この子には羞恥心がない？

これは前途多難だな……。

とりあえず、服を着てもらって、それから言葉や常識を教え込んでいくとしよう。

そこへやって来たのはソフィの親代わりを務めているセス。——この場合、保護者に問いただした方がいいだろうな。

『何やってんだ？』

と、いうことで、俺はソフィの羞恥心についてセスに尋ねてみたのだが、

『えっ？　人間は裸を見られるのを恥ずかしがるのか？』

「…………」

まあ、そこからだよな。

ソフィが着替え終わってから、セスと一緒に人間の羞恥心について説明をしていく。

『なるほどね……だからみんな服なんてものを着ているんだな。いや、ずーっと疑問には思っていたんだよ』

「はっはっはっ！」と笑い飛ばすセス。

……まあ、引き受けたからには途中で投げ出すようなマネはしない。最後までトコトンこのモンスター村の住人たちに付き合っていくさ。

少しでもいいから、前進させていこう。

俺の中で、今後の方針が固まった瞬間だった。

というわけで、早速ソフィへ言葉を教えていくのだが……その物覚えの良さに驚かされた。

簡単な言葉はすぐ覚え、自分から応用して文を生み出す。

半分エルフの血が入っているからなのか、それとも元から頭の出来がいいのか。

ともかく、言葉に関しては教えるのに苦労しなかった。これなら一週間もしないうちにだいぶ会話が楽になるだろう。

問題なのは一般常識。

最終的に、王都の教会で保護をしてもらう予定でいるので、そこと話をする前には身につけておいてもらいたいな。

……課題は山積み。

それでも、頑張ってやるしかないか。

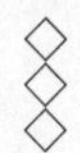

モンスター村を訪れ始めて四日後。

今日も農業の進捗状況とソフィに言葉を教えるため、俺はモンスター村へと足を運んだわけなのだが……現在、俺はソフィに目を向けられない状況にある。

ちなみに、当初は一週間ほどで会話ができるだろうと予想していたが、なんと三日目には問題なく言葉を通じて意思の疎通が図れるようになっていた。

「あの……ソフィさん？」

「何？　ハーレイ」

「前に何度も言ったよね？　服は毎日きちんと着ようねって」

「ごめんなさい。暑くて脱いじゃったままだったわ」

眼前に佇むソフィは一糸まとわぬ生まれたままの姿だったのだ。

どうにも羞恥心に疎い――というか、疎過ぎるソフィに「服を着て生活をする」という習慣を根づかせるのは難しかった。

将来的には人間社会で生活ができるようにさせていきたいので、これからも根気強く教えていかなければならないだろうな。

本来ならば、エルフの里へ戻すのがベストなのだが……あそこは純血至上主義でハーフエルフには厳しいから、難しそうかな。せめて、両親の所在が分かればまた状況も変わってくるのだろうが。

一方、農業の方はというと、こちらも順調だった。

フレッドさんからもらった種を撒き、それを育てているのだが、これが実によく育つ品種だった。というのも、これは非常事態用に品種改良された「味はそこまで良くないけど簡単で素早く生長する」というのがコンセプトの野菜だったからだ。

近々学園へ戻る俺としては、中途半端に彼らへ知識を与えるよりも徹底的に農業を叩き込んでおきたいと思い、まずは栽培という行為自体に自信を持てるよう、育てやすく生長の早いこいつを選択したってわけだ。

その結果――このチョイスは見事成功し、モンスターたちは生長した野菜を見て大喜びをしていた。オークのマーレに至っては感動のあまり泣いている。とりあえず、当初の目的は果たせたようで何よりだ。

『おまえには本当に感謝しているぜ、ハーレイ』

「これくらい、なんてことはないよ」

『それで、だな……もうひとつ頼みたいことがあるんだよ』

「頼みたいこと？」

実に申し訳なさそうに、セスは頭を下げた。

そこまでする頼みたいこと、か。……興味があるな。

「構わないよ。どんな頼みなんだ？」

『俺にも人間の言葉を教えてほしいんだ』

「え？　人間の言葉を？　構わないけど……どんな言葉？」

『それはだな――』

セスが教えてくれた喋(しゃべ)りたい言葉は、人間なら日常生活でよく使う言葉だ。

教えること自体は嫌じゃないけど、気になるのはその意味。

「なんでまた人間の言葉を話したいなんて思ったんだ？」

『い、いいじゃねぇか、別に。ていうか、教えてもらいたい言葉の意味からして、なんとなく予想つくだろ？』

俺がセスに教えるふたつの言葉の意味――まあ、心情というか、気持ちをストレートに表現している言葉だから、何を伝えたいかは分かる。

ただ、俺が知りたいのは「誰」に「どうして」その気持ちを伝えたいかなんだけど……

結局、照れ臭いのか、セスは教えてくれなかった。

ともかく、こうして新しくセスが生徒に加わったわけだが、ここである問題点が浮上した。

俺はスキルの恩恵でモンスターと会話ができるが、モンスターが話している言葉を普通の人間側で聞き取ることができるかどうかという点だ。

セスが口にした人間の言葉が、果たして本当に人間の言葉として受け止められ、その人に理解できるのか。それを確かめる術（すべ）が必要となる。

だが、この問題は意外と早く決着した。

スキルとは強制的に発動させるものじゃない——俺の【嘘（うそ）看破】は、なんでもない日常会話では発動しないようスキルオフの状態にしている。何もかもが嘘かどうか分かってしまうというのは、それはそれで不便なのだ。知らない方がよかったということもあるだろうし。

とにかく、これを【言語統一】のスキルでも試してみた。

「——よし。何か言ってみてくれ」

「グアッ！　ガウッ！」

スキルオフの結果は成功だった。

まさにモンスターの声そのものであり、何を言っているのか一切聞き取れない。

セスに言葉を教える時は、この状態でやれば問題ないな。

「あ……う……お……と……」

「その調子だ、セス」

さすがに、生粋のモンスターであるセスが人間の言葉をマスターするにはソフィ以上に時間がかかりそうだ。

練習が終わると、『教えてもらってばかりじゃ申し訳ない。何か礼をさせてくれ』とセスは何度も俺に言ってきた。俺としては、命を助けてもらったお礼だから気にしなくていいのに、と伝えたのだが、どうにもセスは納得しない。

なので、俺はセスに格闘術の鍛錬の相手になってもらうことにした。

狙いは自分のスキルをもっと生かすため。実戦の中でスキルを有効活用するには、何よりも経験を積む必要があると考え、その相手にセスを指名したのだ。

「はっ！」

『甘いっ！』

「うわっ！」

『まだまだ動きが鈍いな、ハーレイ』

「ぐぐぅ……もう一丁！」

『ほい』

「ぐはっ⁉」

渾身の一撃は難なくかわされ、逆に足払いで派手に転倒する。

「くっそぉ……なんで当たらないかなぁ」

『分かりやすいんだよ、おまえの攻撃は』

簡単に言ってくれるな。でも、本能で戦闘するモンスターには、人間の理詰めで攻める攻撃っていうのはかえって見切りやすいのかな。

なんとか一本取ってやろうと気合いを入れ直していると、近くで見学していたソフィが近づいてくる。慰めてくれるのかなと思ったら、

「ハーレイは勝てないよ」

……直球だなぁ。

いや、ソフィに悪意がないことはわかっている。冷静に状況分析して導き出された答えを口にしているだけだ。

「だろうな」

「なら、どうして戦うの？」

「でも、絶対負けるとは限らないだろ？　なんでもかんでも最初からダメだ、無理だって決めつけないで最後の最後まであきらめずにいたら……チャンスが来るかもしれないだろ？」

それは、俺自身に言い聞かせている言葉でもあった。

「……好き」

「へっ⁉」

「ハーレイのその考え方、私は好き」

「あ、ああ……考え方が、ね」

大きな茶色の瞳に射貫かれて、身動きが取れないところに真顔で「好き」なんて言われたら……勘違いしない男なんていないんじゃないかな。

でも、こうした考えを理解できるようになっているなら、ソフィが人間社会に溶け込めるようになる日も遠くはなさそうだ。

学園が再開されるまであとちょっとしかないし、それまでに教えられることはしっかり教えておかないとな。

◇◇◇

モンスター村との交流が始まってから一週間が経った。

当然ながら、モンスター村ばかりに神経を注いでいるわけじゃない。日々の鍛錬や勉強もきちんとこなし、剣術の特訓もしている。また、時間ができたときはレヴィング家を訪れ、サーシャやエルシーとの交流も欠かさない。

俺は昨年までとは比べ物にならない、かなりのハードスケジュールをこなす日々を送っていた。


——と、いうわけで、今日もモンスター村へ行こうとした矢先、

「ハーレイ」

呼び止めたのは母上だった。

まさか……何か怪しいと勘づかれたか？

「明後日(あさって)は王都へ行きますから、覚えておいてね」

「王都へ？」

何事かと肝を冷やしたけど、王都へ出かける誘いだったのか。しかし、俺も一緒に行くというのは珍しいな。

「王都で何かあったんですか？」

「あら、知らなかったの？　明後日は王都でセレティナ姫とシュナイダー王子の婚約を記

念して、パレードが行われることになっているの」

「あっ……」

すっかり忘れていた。

そういえば、前に父上が「近々、バズリーからシュナイダー王子がやってきて王都内でパレードをする」って言っていたな。

アースダイン王国のセレティナ姫といえば、国民に大変人気の高いお姫様だ。その姫様が嫁ぐっていうんだから、きっと相当な賑わいだろうな。結婚したら、アースダインに戻って来ることなんてそうはないだろうし。

「最近は表舞台になかなかお姿を見せなかったセレティナ姫だけど……きっととてもお綺麗になられているはずよ……」

うっとりした様子で語る母上。

……でも、俺は姫様の顔を見たことがないんだよな。

「分かりました。覚えておきます」

「ええ。お願いね。それが終わったら——いよいよ学園が始まるわね」

「！　そうですね！」

最近はモンスター村絡みの件が忙しくてすっかり忘れていた。

……初めてだな。

早く学園に行きたいと思えるのは。

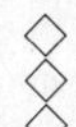

モンスター村は今日も活気に満ち溢れていた。

農業組は自分たちで話し合い、より良い作物を生産するにはどうしたらよいのだろうかとアツい議論を交わすまでに成長していた。

ソフィについてはすでに読み書きのレベルが五歳並みになっており、そちらの方面は問題なさそうだ。あとは羞恥心というか、人間社会の常識なんだが……今日も村に行ったら裸でお昼寝をしていたので厳重注意をしておく。

『すまねぇな。俺も常に言い聞かせてはいるんだが』

「まあ、そのうち根付くと思ってその都度注意していくしかないですね」

文字の読み書きの覚えは素晴らしいのに……まあ、慣れかな。

ともかく、あの子が起きるまでセスに人間の言葉を教えておかないとな。

「あ……う……め……と……」

よくなりつつあるが、やはり人間とモンスターでは発声器官の構造が根本的に違うのだろうか、ハッキリとした発音にならない。

それでもセスはあきらめずに練習を続けた。

——おっと、忘れるところだった。あの件を伝えておかないとな。

「あ、そうだ、セス」

『うん？　なんだ？』

「明後日は俺、ここに来られないから」

『何か用事でもあるのか？』

「王都でセレティナ姫の婚約記念パレードが行われるんだ。それに参加するんだよ。明日でアースダインのセレスティナ姫は見納めになるだろうし」

『そうか——って、何ぃぃぃっっ⁉』

とんでもない大声だった。思わず、ソフィが飛び退き、農作業をしていたモンスターたちが何事かと駆けつけるくらいの衝撃だった。

「な、何をそんなに驚いているんだ？」

『や……べ、別に』

全然「別に」ってテンションじゃなかったぞ。

セスのヤツ……何かを隠しているな？

集まってきたソフィやモンスターたちを追い返すと、セスは小声で尋ねてくる。

『ちなみにだが……明後日のパレードが終わると、姫様とやらはアースダインを去ったりするのか？』

「だろうね。嫁ぎ先のバズリーに行くんじゃないかな」

『……………』

おやおや？

セスの表情がなんかおかしいぞ？

——もしかして、セスが言葉を伝えたい相手って……セレティナ姫なのか？

「ねぇ、セス」

『あんだよ』

「今教えている言葉を伝えたい相手って……セレティナ姫なんじゃない？」

『！　バ、バカ野郎！　んなわけねぇだろ！　別にセレティナ姫のことなんてなんとも思っちゃいねぇよ！』

なんて分かりやすいヤツなんだ。

「俺としては、どうしてセスがこの言葉をセレティナ姫に贈りたいのか、その理由を是非とも知りたいな」

『ハーレイ……』

それでもセスは照れ臭いのか、腕を組んでその場をうろうろと歩き回り、ようやく答えを出した。

『しょうがねぇ……誰にも言うんじゃねぇぞ？』

「分かっているさ」

それから、セスはゆっくりと語り出す。

なぜ、モンスターでありながらモンスターらしからぬ思考に辿り着いたのか――その理由とセレティナ姫との出会いの話を。

『俺が姫様に会ったのはもう随分前のことだな……ちょうど、今のおまえと同じくらいの年齢だった』

「今の俺と？」

というと……五年くらい前ってことか。

『あの頃の俺はまだ血に飢えた獣同然……人間なんざ嫌悪の対象としてしか見られず、騎士団の連中を片っ端から叩き潰していった――あ、ここの国じゃないぞ。もっと遠い別の国にいた時の話だ』

そうフォローしたけど……やっぱり昔は普通にモンスターしてたんだな。

『ある日、俺は数匹の仲間と共に遠征中だったある騎士分団を襲撃した。――が、そのすぐ近くに別動隊が潜んでいて、俺たちはあっという間に全滅寸前まで追いやられた』

「それで……どうなったの？」

『生き残っていた連中は――俺を囮にして逃げやがったんだ』

「に、逃げたって……」

『俺は見捨てられたんだ。足に傷を負っていてスピードも落ちていたし、他の連中からしたら足手まといと判断したんだろうな』

「助けようともしなかったの？」

『そういうとこがいかにも人間らしい考え方だな』

セスは皮肉っぽくそんなことを言う。

『おまえたちの言葉を借りれば、モンスターっていうのは究極に打算的な生物だ。道徳とか倫理とか関係なく、本能だけですべてを判断する。他者を助けようと、自分自身を危険な目に晒すようなマネはしない』

そう言われたら、そうかもな。だけど、まさかモンスターの口から道徳や倫理なんて言葉が出るなんて……その辺も誰かの影響を受けているのだろうか。

『恐らく、俺があいつらの立場でも同じ行動をしただろう。『ドジなヤツめ』と鼻で笑っていたか、いい囮役になってくれたと感謝していたか』

「でも……実際自分がその立場になったら……」

『ガラリと心境が変わったよ。まあ、虫のいい話だよな。覚えちゃいないが、きっとそれまでも多くの同族を見殺しにしてきたのに、いざ自分がその立場になったらなんで助けないんだと怒るなんて……』

表情に変化はない。

だけど、内心は複雑なのだろう。自分で自分の罪を認めるのって、結構辛いものがあるからな。しかも、一度や二度じゃないってなれば……下手すると精神をやられるくらいショックだろうな。

「それからどうしたの？」

『命からがら、人間たちの攻撃を振り切って近場の森へ逃げ込んだ……が、そこで力尽きちまった。もう終わりだと腹をくくった俺は、最後に腹いっぱい水を飲もうと森の中にある泉に這いずっていった。――そこで、あの子に出会った』

「セレティナ姫だね」

『ああ』

セレティナ姫との出会いを思い出している時のセスの口ぶりはとても穏やかなものだった。それだけで、どんな関係にあったのか、なんとなく想像できる。

『そこは、この国の王家の人間が暑い時期だけやってくる避暑地だったらしい。あの子はたまたま近くの泉へ従者と共にやってきていたようだ』

「そこで助けられたの？」

『弱っている俺は、人間の気配を察知して茂みに一旦身を潜めたんだが、なぜだかあの子はすぐに俺を見つけ出した。そして、他の従者に何も言わず、持っていたティーカップに水を注いで俺のもとへ持ってきた』

「そんなことが……」

それにしても……凄いな、姫様。

正直、会話ができない状態でこのビジュアルを前にしたら……俺ならいくつになっても泣きわめいて逃げ出すだろうな。

『その水を飲んだ時……うまく言えないんだが、頭の中で何かが爆発したような感覚が襲ったんだ。その爆発はやがて全身に広がり、俺は一度木っ端みじんに吹っ飛んだ気さえした』

「それくらい衝撃的な出来事だったんだね」

『ああ……俺はもっとこの感覚を味わいたかった。いや、そもそもこの感覚がなんなのかを知りたかった。気がついたら、俺はもう一度あの泉にやってきていた』

「そこに、姫様はいたの？」

『いたよ。そして、俺を見るなり駆け寄って来た。そして、ニコニコ笑いながら俺に『今日も来てくれたんだ、セス』と言ったんだ』

「じゃあ、セスの名前って」

『そうだ。俺のセスという名前は、その時セレティナ姫がつけてくれたものだ。なんでも、本来は騎士団で飼育している仔馬につける名前だったらしい』

『馬の名前をつけられちまうなんて笑っちまうぜ』と言いながらも、セスは嬉しそうだった。

――けど、その後、セスと姫様は二度と会うことはなかった。

何度か会おうとしたセスだったが、従者たちの厳重な警備のため叶わなかった。

しかし、どうしても、セスは姫様に伝えたいことがあり、姫様が王都へ戻る日になると馬車の跡をつけてこの森まで辿り着いたのだ。

それ以後もなんとか姫様に会おうといろんな作戦を立てたが失敗。その間に自分と同じように、モンスターらしい生き方に疑問を持った仲間たちが集うようになり、いつしか共同生活を営む「村」という形に落ち着いたのだという。

『――ま、そんなとこだな』

「へぇ……」

「セスにそんな過去があったなんて……意外」

「うん。私もそう思う」

『まったく、失礼なヤツらだ。俺にだってそれくらいの――て、おい！　なんでソフィまで聞いてんだよ！』

「おもしろそうだったからつい」

いつの間にかしれっと参加していたソフィ。俺もまったく気配に気づかなかったよ。

……でも、これで納得できた。

それにしても、まさか言葉を伝えたい相手がお姫様だったとは……こんなことなら、もっと早い段階から相手を聞いておくべきだった。

「なら、その言葉を明後日（あさって）までに伝えないとね」

『それはそうなんだが……』

告白を戸惑う思春期男子みたいな反応のセスだが、時間は待ってくれない。明後日の婚約記念パレードが終われば、セレティナ姫はバズリーに嫁いでいき、このアースダイン領地内で見ることはほとんどなくなってしまう。

「でも、せっかく言葉を覚えようとしているのに、それを伝えられないまま別れちゃうなんて嫌だろ?」

『そりゃまあ……』

「だったら伝えようよ。俺も協力するからさ」

『……すまねぇ、ハーレイ』

「いいってことさ。それと、セレティナ姫に会って伝えるなら、もうひとつ言葉を覚えた方がいいだろうな」

『おう! こうなったらなんでも覚えてやるぜ!』

最初から燃え盛っていたヤル気がさらに増したみたいだ。

……セスには、後悔だけはしてほしくない。

とんでもなく高い壁になるだろうけど、こいつをなんとかクリアしてセスに姫様への思いの丈をぶちまけてもらうとしよう。

そのためにも——俺の言語スキルをフルに活用しないとな。

第五章　気持ちを言葉に乗せて

セレティナ姫の婚約記念パレード前日の朝。

俺と父上、そして母上の三人は結婚式へ出席するため王都へと来ていたのだが……その賑わいを目の当たりにした俺は唖然とした。

ざっと見積もっても普段の三倍は人がいるのだが、みんな明日のパレードのために集まっているのか。

もちろん、王都へ入るためには何重にもわたる身元チェックが行われているため、そのひとつでもパスできない者は通ることができない。そのため、検問所はいつも以上に王都へ向かう人で混雑していた。

「凄い影響力ですね……」

「ああ。こりゃ王都へ入るにはかなり時間がかかりそうだ」

ため息交じりに父上が言う。

俺たちは立場的にすんなり入れるとはいえ……一般の人たちは全員今日中に王都へ入れるのか？

そんなことを考えていると、城へ到着。

俺にとって王族の結婚式への出席っていうのは初の出来事。そのため、これまでになく緊張しまくっていた。両親は城の人たちと楽しげに会話をしているが、俺にそんな余裕はなかった。

粗相をしないようにという緊張感もあるが、それ以外にも——セスの侵入ルートを考えなくてはいけなかったからだ。

明日、あの検問所が最初にして最大のネックになるだろう。

なにせ、セスは見た目だけでだいぶハンディキャップがある。父上の持っているコートをこっそり借用し、それに身を包んで紛れ込むというところまではいいが、あの検問所を突破しないことには意味がない。

検問所以外で侵入できそうなところはないだろうか。

——答えは「ＮＯ」だ。

対モンスター用として、王都は背の高い壁で囲まれている。ここを突破するのは容易じゃない。というか、乗り越えようとしても、その最中に捕まるのがオチだ。

それに、当日は今以上の数の兵士が検問所周辺や王都内を見張るだろう。それこそ野良猫一匹入れない警戒態勢となるだろう。

あと考えられるのは積み荷に紛れるとかその辺かな。

「――うん？」

辺りへ視線を向けていると、城の窓から王都近くを流れる川を発見した。

「そういえば……王都内には運河があったな」

ここから小型の商船が出入りしているのを見たことがある。

「セスは泳ぎが得意だと言っていたな」

おまけに潜水時間はかなり長い。以前、ソフィに言葉を教えている間、泉の中で一時間ぐらい潜っていたことがあったな。

……ちょっと調べてみるか。

俺は両親にお願いをして、わずかだが王都内を見て回る時間をもらうことに成功。すぐさま運河に近づき、水深を確かめてみる。

正確な数字までは分からないが、さすがに運河として利用しているだけあってそれなりに深そうだ。これくらい深ければ、セスの体格でも水底を進めばそうそう見つかる心配はないだろう。

「侵入経路はこれでいいだろう。あとはどうやって姫様に会わせるか、だ」

それが一番難しいし、苦労する点だろう。

パレードの後でも前でもいいから、なんとか姫様がひとり――は無理でも、せめて数人単位の警護であればなんとか気を引くことができるかもしれない。

そんな時間がないかどうか、あとで時間ができたら関係者の人にそれとなく聞いてみるとしよう。

スキルを発動すれば俺に嘘は通じなくなる。その利点を最大限に生かすんだ。

城へと戻った俺は、セスが運河を通して王都内に侵入してから、どうやってこの城内へ潜り込むか、そのルートを模索していたのだが……これがなかなかに難しい。

「やっぱ無理かも……」

そんな言葉がつい出てしまうほどに隙がない。

一体、どうしたものか。

悩む俺の前に、ひとりの兵士の姿が飛び込んできた。

「……よし」

少しでも侵入のヒントを得ようと、俺は兵士へと話しかける。

もちろん、スキル全開で。

「あの、ちょっとよろしいですか」

「どうかされましたか？」

俺が近づくと、向こうの方から声をかけてきた。

「あなたは……」

「グルーザー家のハーレイ・グルーザーです」

実際には本家ではないのだが、グルーザーの名前を出されると兵士の背筋がピンと伸びた。この時ばかりは、家の名前に感謝する。

「姫様はいつもあんなにたくさんの人に守られているんですか？」

「それはやはり、姫様ですし」

まあ、そりゃそうだよな。ちょっと質問が漠然としすぎていたから、もう少し具体性を持たせて探りを入れてみるか。

「僕ならちょっと耐えられないかなぁ。ずっと監視されているみたいでなんだか窮屈に感じますし」

「それは言えていますね。いくら姫様といっても四六時中見張られているのは辛（つら）いと思います。――ただ」

「ただ？」

「あそこへ行く時はひとりになれますし、趣味の庭いじりもできる。きっと、いい気分転換になっていると思いますよ」

「あそこ？　それってどこなんですか？」

「姫様が管理している個人用の庭です。明日のパレード後には、バズリーのシュナイダーをそこに案内し、ふたりでお過ごしになると仰（おっしゃ）っていました」

「！」

これはいいことを聞いた。

なんとか、その場に潜り込ませることができたら……問題はその場所だ。

「その庭って、お城のどの辺にあるんですか？」

「分かりません。ほんの一部の人間にしか教えていないそうです」

むぅ。

さすがにそう簡単にはいかないか。

もしかしたら知っていて隠しているのかもしれないと思ったのだが、すでに発動している【嘘看破】のスキルは働いていないし……本当に知らないみたいだ。

俺は兵士と別れ、城内をうろつきながら考えを巡らせる。

姫様が個人的趣味で手入れをしているという庭園。その秘密の花園がこの城のどこかに存在している。その場所さえわかれば、あとはなんとかしてセスをそこへ潜り込ませるだけでいいんだ。

――だが、この庭園を見つけるのが至難の業。

あちらこちら見回してみるが、それらしい場所はどこにも見当たらない。もしかしたら、王族しか立ち入れないエリアが城内に存在しているのか……まあ、冷静に考えたら王族のプライベート空間なんだから、そんなわかりやすい場所にあるわけないか。

しかし……そうなると参ったな。

ぶっつけ本番で侵入できるほど甘くはない。綿密な計画を立てている時間はないが、それでも可能な限り成功の確率を上げていく必要がある。

そのためにも、姫様の庭園の場所を正確に把握しておくことは最低条件だ。

どうしたものか……俺が頭を抱えていると、

「ハーレイ？　こんなところで何をしているの？」

振り返ると、そこに立っていたのはサーシャだった。その後ろには父親であるゾイロ騎士団長もいる。

「こんなところでどうしたんだ？」

「あっ、えっ、えっと、セレティナ姫の結婚式へ出席のために王都へ来たのですが……なんだかいろいろと見て回りたくなってしまって」

「はっはっは！　好奇心旺盛な君らしいな」

豪快に笑い飛ばすゾイロ騎士団長。それから、俺はふたりと一緒に教会へと向かうことにした。両親にはゾイロ様が使者を出して説明しておくという。

……なんだろう。

ゾイロ様には何か狙いがあるような？

豪快だけど強引なマネはしない人だが、今回はなんだか様子が違う。

──その謎はすぐに解けた。

「君が来てくれて助かったよ」

「助かった？」

「実は……今回の婚約記念のパレードだが……少々予期せぬ事態が発生しておってな」

「よ、予期せぬ事態ですか？」

俺は心臓が縮み上がる思いだった。

もしかして……ゾイロ様は俺とセスの企てを事前にキャッチしていたのか？

それで、そんなバカなマネはやめるよう諭しに来たと？

ビクビクしている俺を尻目に、眉根を寄せるゾイロ様は、一度大きく深呼吸をしてから言った。

「実は、サーシャが学園や神木祭以外で公の場に姿を見せるのはかなり久しぶりのことでな。式が始まる前にいろいろとあいさつをして回ったんだが……そこで大勢の人の目に留まり、いたく気に入られたんだ」

「？　それは喜ばしいことですよね？」

何が問題なのだろうかと疑問に思っていたら、ゾイロ騎士団長は俺にだけ聞こえるように小声で話し始める。

「自分の娘にこういうのはなんだが……あの子は可愛い」

異議なし。

「おまけに学園での成績も優秀だ」

異議なし。

「君のおかげで、対人関係も昔に比べたら驚くほど改善された」

異議なし。

「で、さっきも言ったが、いろんな人に好かれた結果……『是非、うちの息子と見合いをして欲しい』という要望が殺到してな」

異議な――えっ⁉

「へっ？　み、見合い⁉」

思わず大声を出したため、少し離れた位置にいるサーシャが「どうしたの？」と振り返ったが、騎士団長とともに「何でもないよ！」と強引に乗り切る。

まあ、でも、そんな話が出てもおかしくはないよな。

「その話……サーシャは知っているんですか？」

「まだ伝えていないし、伝える必要はない」

「？　どういう意味です？」

「私はサーシャに見合いを申し込んできた貴族たちにこう言ったんだ。――『娘にはすでに想い人がいる。私は娘と彼との仲を見守っていきたい』とね」

「は、はあ……」

サーシャの想い人……サーシャには好きな人がいるってことか。

「私もね、彼なら娘を託せると信じているんだ」

「え？　騎士団長の知っている子なんですか？」

「…………」

俺の言葉を受けたゾイロ様は何やら驚いた表情をする。

「……娘の恋はなんとも険しい茨の道となりそうだ」

ゾイロ騎士団長はそう呟いた。

どうやらその相手とはよほど問題を抱えた男らしい。

俺からもそれとなくサーシャに聞いてみるとするかな。何か、力になれるかもしれないし。

「ねぇ、私も一緒に王都散策してもいい？」

「えっ？」

「パレードが始まるまでの間、どうやって時間を潰しておこうかなって思っていたところだしね」

「それはいい。よろしいかな、ハーレイ」

「は、はい」

有無を言わせぬ圧力の前に、俺は首を縦に振ることしかできなかった。

しかし……参ったな。

サーシャと一緒に王都を回るのはむしろとても喜ばしいことなのだが、いかんせんタイミングがよろしくない。

どうしようかと考えていたら、急にサーシャが顔を近づけてきて、

「――で？　本当は何を企んでいるの？」

そう耳元で囁いた。

くすぐったい吐息に驚きつつも、俺はなんとか平静を装って誤魔化そうとする。

「た、企むだなんてそんな……」

「そうかしら？」

う、疑われている。

エルシー曰く、サーシャは自身の関心のあることについては鋭い勘が働くというが……

なるほど。まさしくその通りだな。

……待てよ。

もし、サーシャが味方についてくれたら、これほど強い味方はいない。

「……実は、君の言う通りなんだ。そこで、君にも協力をしてもらいた――」

「もちろん、いいわよ」

食い気味にＯＫをもらえた。

拍子抜けしてしまうほどあっさりだったけど、彼女の性格を考えたらそうなる方が自然か。

「で、私は何をすればいいの？」

瞳を星のように輝かせながらサーシャは言う。

「と、とりあえず、もうひとりの仲間のところへ案内するよ」

「分かったわ！」

ともかく今は時間が惜しい。

詳しい説明は後回しにして、俺はヤル気満々のサーシャを連れてセスとの合流地点を目指すことにした。

セスとの合流地点は路地裏にある、今は使われていない廃墟(はいきょ)同然の倉庫。彼には事前にここへ忍び込んでもらっておいたのだ。

ただひとつ想定外だったのは——サーシャの存在だ。一応、彼女には移動中にセスがリザードマンであることなど、基本的な情報は伝えておいた。

一方、セスにとっては俺以外で接する初めての人間で、しかも言葉が通じない。俺という通訳はいるから大丈夫だとは思うのだが……どうなることやら。

しかし、より確実に成功へと近づけるためには、サーシャの協力は必要になってくるだろう。

目的地に到着すると、早速セスを呼びだす。

「セス、いるか？」

『おう。ここに――って、うわっ⁉』

隠れていたセスは顔を出した瞬間、俺の横に立つサーシャに驚いてまた身を隠してしまった。

「大丈夫だ、セス。彼女は味方だよ」

「そ、そうよ。私はハーレイの協力者だから」

必死の説得により、セスはサーシャのことを信用してくれたようだ。――というより、もうここまで来たら時間との戦いになるため、あまり議論している余地はないっていうのが本音だろうけど。

そのサーシャにはまず庭園について尋ねてみた。

「姫様と顔を合わせて言葉を伝えるには、庭園しかないと思うんだ」

「確かに、パレードが終わった後でお相手の方と庭園を見て回るって話だけど……」

おぉ！　これもまた有力な情報だ！

「そ、それじゃあ！」

「でも、庭園で会うのは難しいんじゃないかしら」

浮かび上がった希望はあっさりと打ち砕かれた。

「ど、どうして⁉」

「それだけ警備が厳重なの。もし見たいのなら……可能性は薄いけど、三番水路を進むという手もあるわ」

「三番水路？　それって、街中を通る運河の？」

「えぇ。三番水路を進むと左手に騎士団の宿舎があるんだけど、その反対側にある高い壁の向こう側が姫様の庭園なのよ」

うーん……正直、これだけの情報では、成功の可能性は限りなく低いだろう。これはもう半ば賭けであった。分の悪い賭けだ。

「どうする？」

『……上等だ。やってやるよ』

念のために確認を取ってみたが――それはそうだよな。

これがもう実質ラストチャンスってわけだし。

「もうちょっとするとパレードが始まって、俺とサーシャは抜けだせなくなるけど……可能な限り手助けするから」

『何から何まで悪いな』

「気にするな」

『そっちのお嬢ちゃんも、協力に感謝する』

「もしかして……今、私に何か言った？」

「お礼を言ったんだよ。協力に感謝するってさ」

「感謝？　……ふふふ、あなたって、本当に人間みたいね」

まるで友だちと接するようにセスの肩をパシパシと叩くサーシャ。

さすがの適応力だなぁ……モンスターであるセスの方が動揺しているし。

それから、俺たちは極力周りの目に触れないよう、静かに窓へと近づいて倉庫の裏手にある運河を指さす。

「三番水路近くで落ち合おう。その近くにある城壁を駆けあがった先に、件の庭園があるんだ」

『庭園か……そういえば、あの屋敷にもデカい庭園があったな』

「今日、そこに姫様がシュナイダー王子を連れてきて、しばらくふたりきりで過ごすそうだ」

『狙うならその時間ってわけだな』

さすが、理解が早くて助かる。……さて、次なる問題は――

「あのさ、セス」

『何だ？』

「この前の提案についてだけど」

それは、問題は作戦が失敗に終わり、セスと俺が一緒にいるところを誰かに目撃されたと想定した場合の切り抜け方にあった。

「やっぱり……セスに脅されてやったっていうのは……」

『それでいいだろ。でなきゃ、君にあらぬ容疑がかけられる。両親にも迷惑がかかるし、せっかく入った学園とやらからもお払い箱になっちまうんだぜ？』

リザードマンだけにトカゲの尻尾きりに利用しろとのことだった。モンスターと会話ができる俺を脅して城へ潜入したということにすれば、全部セスが悪いということになって俺はお咎めなしになるって寸法だ。

ただ、そうなるとセスだけが悪者になってしまう。

「えっ？　セスに脅されてやったってどういうこと⁉」

しまった。

サーシャにはまだ説明していなかった。

俺は慌てる彼女へ、失敗した時の対応を説明する——と、

「そんなのダメよ！」

予想通り、サーシャは猛抗議。

……けど、もうセスは腹をくっているんだよな。

『俺としちゃ、最後の最後までドジるわけにはいかねぇんだが、いかんせん人間の住む街っていうのは不慣れでよ……おまえの手助けがどうしても必要になる。なぁに、失敗しなければいいだけの話だ。そう難しく考えるな』

「だけど……」

『逃げることについては慣れている。ベテランだ。絶対に捕まりはしねぇよ』

俺が心配しているのはそこじゃない。

もしも、今回の作戦が失敗してしまったら、姫様に会うどころか、人間たちの前に二度と姿を見せられなくなるだろう。そもそも、捕まったら命はない。

「でも、やっぱり」――という、俺の言葉に被(かぶ)せるようにして、

『おまえには……本当に感謝してるんだぜ？』

「え？」

『こんな一世一代の好機をお膳立ててくれたんだからな』

表情はあまり読み取れないが、たぶん、セスは笑ったのだろう。

『おまえがいて、この道を示してくれなかったら、きっと俺はずっと後悔するところだっ

たろう』

「セス……」

かつて、命と心を救ってくれた恩人。

セレティナ姫に最後の別れの言葉を贈るため、セスはこの難関へと立ち向かう。見た目はモンスターだっていうのに、その心意気はこれ以上なく人間臭い。こんな姿を見せられたら、成功させないわけにはいかないな。

『じゃあ、あとは打ち合わせの通りに。パレード終了後に三番水路で会おうぜ』

そう言い残して、セスは倉庫をあとにする。

「あとは彼を信じましょう」

「うん……」

サーシャの協力もあって、俺たちの作戦はより成功率を上げた——が、不安が完全に拭えたわけじゃない。

しかし、ここまで来たらもうあとには引けないし、祈るしかない。

頑張れよ、セス。

――それから一時間後。

いよいよパレードが始まった。

俺とサーシャはそれぞれ家族のもとへと戻ろうとしたが、なんとうちの両親とサーシャの両親が仲良く談笑をしていた。

以前から面識はあったらしいのだが……随分と親しげに話していたな。

その後、俺たちは両親に呼ばれるまま、貴族用に設けられた特別席から見届けることになった。

「姫様ぁ！」

「こっち向いてぇ！」

「お幸せにぃ！」

街のメイン通りをこのパレードのために用意された特製の馬車に乗り、集まった人々に笑顔で手を振るセレティナ姫。その横にはバズリーのシュナイダー王子の姿もある。これまたキリッとした表情が凛々(りり)しい好青年。

まさに美男美女のお披露目……絵になるなぁ。

紙吹雪が舞い、歓声が地鳴りのように響く。

誰もが笑顔。

泣いている人もいるけど、あれは嬉し泣きだ。

俺はパレードを見ながら、周りの様子にも気を配った。

兵士の数は多く、厳戒態勢が敷かれているものの、彼らの表情はそこまで険しいものには映らなかった。手を抜いているわけじゃなく、純粋に姫様の結婚が嬉しいのだろう。それほど会ったことのない俺でも、絵に描いたような人当たりの良い「いいお姫様」って噂はよく耳にするからな……純粋に、兵士たちも感慨深いのだろう。

——この状況は非常にありがたい。

今のところ、特に騒ぎにもなっていないようだから、少なくともセスが見つかったっていう最悪の事態は回避されていると思われる。

その後、姫様を乗せた馬車は一旦城へと戻り、衣装直しをしてから教会へと向かう手筈になっている。教会に入ってしまえば、そこから先は王族関係と一部貴族しかお目にかかれないようで、一般市民は完全にシャットアウト。そうなってしまってはもう打つ手がない。

……さて、そろそろ動きだすか。

「父上、式までの間、少しサーシャと一緒にこの辺りを散策したいのですが」

「散策？　またか？」

「ちょっと気になるところがあって」

「お父様、いいですか？」

「構わないが……どうですかな？」

「こちらも特に止める理由はありませんな」

「式が始まる時間には遅れるなよ」

「はい」

「あと——悪さはするなよ？」

「も、もちろんですよ」

……父上は、薄々俺が何をしているのか気づいたのかな？

いや、セスの件は知らなくても、「何かをしている」って思ったのかもしれない。

それでも見逃してくれたということは、信用されているってことだろう。その信用は裏切らないようにしないとな。

「さて……早いとこ三番水路に行ってセスと合流しないと」

「そうね。急ぎましょう」

……なぜかな。妙にワクワクしている自分がいる。たぶん、サーシャも同じだろう。めちゃくちゃ鼻息荒いし。

俺たちは高鳴る鼓動を強引に鎮めているうちに三番水路へたどり着く。

「セス、来てるか？」

三番水路に到着後、小声で呼びかけてみる。すると、背後から声がした。

『待ちくたびれたぜ』

渡しておいたコートで変装したセスが現れる。全身を覆うその服装なら、パッと見、モンスターだってわからないよな。我ながら良いチョイスだったと思う。

「セス。俺は城から直接例の庭園へ行こうと思う」

『直接？　できるのか、そんなこと』

「場所は分かったんだ。なんとかやってみるよ。それに、水路側から侵入する人数は少ない方が見つかりにくい」

『なるほど……』

「必ずセスの挑戦は見届ける……絶対にね」

『了解だ。……悪いな、ハーレイ』

申し訳なさそうに言うけど、セスは俺にとって体術の師匠みたいなものだからな。これくらいなんともない。

計画を確認すると、俺たちは早速行動へと移る。

ここからは時間との勝負だ。

「じゃあ、この後も打ち合わせ通りに」

『おう』

まだ誰にもバレてはいないようなので、作戦は続行だ。

とりあえず、父上たちのところへ戻ろうと歩きだした。

姫と王子の結婚式はつつがなく進行し、何事もなく無事に終わった。

それから、ゾイロ騎士団長の計らいにより、俺とサーシャは一緒に城内を回ることになった。ちなみに、途中からエルシーも合流して一緒についてくることに。

「もう……お城にいるんだから、私ひとりでも大丈夫なのに」

「そういうわけにはまいりません！」

抗議するサーシャだが、エルシーはそれを許さず。

まあ、エルシーの言うことはもっともだ。

三人で城内を歩いていると、前方から一組の男女が歩いてくる。

「あら、サーシャにエルシーじゃない」

その二人は、さっきまで見ていたパレードの主役たち。

セレティナ姫とシュナイダー王子だった。

「「ひ、姫様！」」

まさかのご本人登場に、俺たちの背筋はピンと伸びる。サーシャとエルシーは名前を呼ばれていたから面識あるのだろうが、それでもやっぱり緊張するんだな。

「とても素晴らしい式でした」

「ありがとう、サーシャ。──あら、そちらの方は？」

当然、姫の意識は俺へと向けられる。

「お初にお目にかかります。私はハーレイ・グルーザーです」

「グルーザー？　おぉ！　知っているぞ！　グルーザー家の領地にある村から提供された木材は使いやすいと、橋造りの職人たちが絶賛していたよ！」

姫よりも良い反応を示してくれたのはシュナイダー王子の方だった。

明るい感じで爽やかな笑顔が眩しい、絵に描いたような好青年だった。

「お褒めに与り大変光栄です」

「ハーレイ……あっ、思い出した」

俺とシュナイダー王子が盛り上がっていると、突然セレティナ姫が声をあげる。

「それにハーレイって、確かサーシャが気に入っている男の子の名前だったわよね？」

「セ、セレティナ姫様⁉」

分かりやすく取り乱すサーシャ。少なくとも嫌われてはいないようでひと安心だな。

「そんなに慌てなくてもいいのに。——そうだ。あなたたちもこれから一緒にお茶でもどうかしら？」

姫様から直々のお誘い。

しかもお茶って——もしかして！

「お茶というのは……どちらで？」

「私の秘密の庭園よ。サーシャは一度来たことがあったわよね？」

「はい。とっても綺麗（きれい）な花がたくさん咲いていたのを覚えています」

「あれからまた種類を増やしたの。それを紹介しようと思っていたからちょうどいいわ」

こちらとしても大変「ちょうどいい」感じだ。

まったくの想定外ではあったものの、とうとう俺はセレティナ姫の庭園へと足を踏み入れる。そこは、ハッキリと言ってしまえば城周りにある庭園と比べると見劣りをしてしまうものであった。

しかし、この庭園はあくまでも姫様の趣味であり、姫自らの手によって作られたものでいた。

ある。そのため、煌(きら)びやかな花というよりも、温かみのある素朴な感じの花が咲き誇って

「どうでしょうか、王子」

「美しい！　それにこの優しくて温かい雰囲気！　まさにこの庭園は君そのものだ！」

早速惚気(のろけ)が……まあ、仲が良いのはよろしいことです。

それに、俺も同じような印象を持ったしね。

「セレティナ姫様、庭園を見て回ってもよろしいでしょうか？」

「構いませんよ。お茶の用意が調うまでまだ時間はあるでしょうから……わたくしが案内しますわ。王子とハーレイさん、それにエルシーさんもご一緒にどうですか？」

「ええ、是非」

「はい！」

「よ、よろしくお願いします」

エルシーはちょっと緊張しているみたいだな。

さて……こちら側はだいぶいい雰囲気で進行している。

シュナイダー王子とサーシャだけしかいない今の状況なら、セスが侵入してきてもすぐには対処できないはず。

そもそも、モンスターが変装して王都に身を隠し、さらに人間と結託して城へ侵入してくるなど、毛ほども想像してはいないだろう。

「わあ、この花とっても綺麗ですね」

「これはシュナイダー王子からのプレゼントなんですよ」

「おぉ！　あの時はまだ小さかったのに、随分と立派に生長したんだな」

「ここの土が合っていたみたいなの」

和やかに進む庭園散策。

……まだ、セスは登場しない。

もしや、侵入途中で見つかったか？

それならもっと騒ぎになっていてもいいものだけど。

——その時だった。

ふと視線を上げると、高い城壁のてっぺんに黒い影を発見する。

その影の正体こそセスだった。

どうやら誰にも見つからずにここまで来られたようだ。セスも俺が自分の存在に気づいたと認識したようだ。俺は他の人たちに悟られないよう、すぐに視線を元に戻す。ここでバレたら、せっかく今日のために積み上げてきたものが台無しになる。

俺は、セスが努力していたことを知っているから、絶対に成功させたい。

さあ、問題はここからだ。

チャンスは今しかないぞ。

俺は機を見計らって壁の上のセスに向かい、必死にアイコンタクトを送る。

それを受け取ったセスはゆうに五メートルはあろうかという高さから一切ためらうことなく飛び下りた。重量感ある着地音が轟き、セレティナ姫、シュナイダー王子、さらにはエルシーの視線を集める。

「なっ⁉」

「えっ⁉」

シュナイダー王子とセレティナ姫のふたりは音の正体を知ると顔面蒼白になった。エルシーに至っては状況を理解できずに固まっている。

——けど、それは無理もない話だ。国内でもっとも安全なはずのアースダイン城内にリザードマンが現れたのだからな。

それでも、シュナイダー王子はすぐに姫を守るように前へと立ち、携えていた剣を引き抜いて構えた。

「どうやってここまで入り込んだか知らないが……妻には指一本触れさせないぞ！」

勇ましく吠えて、剣先をセスに向ける。

ここで姫を置いて逃げ出すようなヤツじゃなくてよかったと安心しつつ、俺は未だに固まったままのエルシーへ声をかける。

「エルシー、しっかりしろ」

「あっ、ハ、ハーレイ殿——申し訳ありません。あまりの事態に呆けていました」

もともとはオークやゴブリンにも立ち向かえるだけ度胸のあるエルシーだ。臆したわけじゃなく、こうして冷静さを取り戻せば戦おうと剣を手にする。

一方、シュナイダー王子も剣を構え、今にも斬りかかりそうな形相だった。

あと一歩でも踏み込んだから間違いなく戦闘になる。

さすがに、このままじゃ時間切れだ。

突然の事態に焦ったのか、王子がすぐに衛兵たちを呼ばなかったのは幸運だったが、そのうちに異変を察知してここに集結するのは間違いない。成功するかしないか以前に命の危険さえあり得る。そうなる前に、姫様へセスの想いを伝えなければ。

意を決し、俺がセスと王子の間に割って入ろうと一歩踏み出すと、

「あなた……もしかしてセス?」

姫様が、セスの名を呼んだ。

──憶(おぼ)えていたんだ。

姫はずっと昔に出会ったモンスターのセスを憶えていたんだ。セス本人はもちろん、俺も驚いた。話ではだいぶ小さな頃に会ったって聞いていたから、もうとっくにセスのことは忘れているものだと思っていたが、姫はセスの名前を憶えていたのだ。

「やっぱり！　あなたセスね！」

「！　ひ、姫！　危険です！」

セスに近づくセレティナ姫を止めようとするシュナイダー王子だが、姫様は王子の腕をスルリとかわしてセスの目の前に立つ。

願ってもない好機。

伝えるなら今しかないぞ、セス！

さあ、言うんだ──練習した、あの言葉を！

「あ、と、う」

「うん？　何？　どうしたの？」

セスは必死に口を動かす。

懸命に。

全力で。

モンスターでありながら、受けた恩に対する自分の気持ちを言葉で伝えようと、セスはその大きな口を動かす。その行為を誰も理解してはいないが、必死に何かを伝えようとしているということは分かったらしく、ジッと見守っている。

そして――

「あ、あり、が、とう」

言えた。

俺とサーシャはバレないように小さくガッツポーズをする。練習でも、あそこまでハッキリと言えたことはなかったのに……本番に強いヤツだ。

「！　セス……あなた……」

セレティナ姫には十分伝わったようだった。

「ありがとうって……ありがとうって言ったの？　あなたは昔のことを憶えていて……それで……」

姫の問いかけに、セスは頷く。さらに、

「お、で、う」

またも何かを告げようと、口を必死に動かすセス。

その言葉は、

った。

「おめで、とう」

俺があとから「覚えた方がいい」と助言した、セレティナ姫の婚約をお祝いする言葉だった。

「あなた……もしかして、私の結婚をお祝いに来てくれたの？」

セスは頷く。

それから、手にしていたある物をセレティナ姫に差し出した。

姫に渡そうとしたのは小さな髪飾り――この世界では、どこにでもあるなんの変哲もない花をかたどった髪飾りだ。しかし、よく見るとその花は、姫の庭園にもっとも多く咲いている花でもあった。

「これ……私が好きだって言った花……憶えていてくれたの？」

再びセスは頷いた。

「ありがとう」と「おめでとう」しか話せないセスには、それ以上言葉で何も伝えることはできなかった。

「………」

姫とセスとのやりとりを見ていたシュナイダー王子は、すべてを悟ったように剣を鞘へとしまう。その顔つきは先ほどまでの険しいものではなくなり、俺たちと庭園を回っていた時のような優しい表情だった。

「セス殿……どうやら、私は大きな勘違いをしていたようだ。すまない。あなたは我が妻にとってとても大切な御方であるようだ。先ほどまでの無礼な振る舞いの数々を許してくれ」

そう謝罪を述べると――なんと王子はペコリと頭を下げた。

一国の王子がモンスターへ頭を下げるなど、普通じゃ考えられない。だが、王子は自らの非を認め、相手が誰であろうと謝罪をした――それは、王子の人としての器の大きさを表した行為でもある。

姫様は、本当にいい人のもとへ嫁ぐことになったんだな。

「我が妻への贈り物……ありがたく頂戴する」

姫の肩を抱き寄せて、シュナイダーはもう一度頭を下げた。

「そして、あなたにも誓おう――私は妻と共にこのアースダインとバズリーの明るい未来を築くため、この命を捧げる。たとえどんな侵略者がこの地を狙おうとも、必ず守り抜いてみせると」

王子の言葉に、セスは無言。

だが、ようやく絞りだすように、

『よろしく頼む』

そう告げた。

残念ながら、その言葉はモンスターとしての言葉なので伝わらない——はずだが、シュナイダー王子とセレティナ姫の表情を見ていると、セスが何を言っているのか大体理解できたようだ。

言葉が分からなくても、想いは通じることもある。

それを実感した瞬間だった。

とにかく、これですべての作戦は終了した。

セスはそのぶっ飛んだ跳躍力で壁のてっぺんへと立つと、再び水路へダイブ。そのまま王都から脱出した。

セスが去ったあと、セレティナ姫はもらった髪飾りをジッと眺めて笑顔をこぼす。

その目尻にはうっすらと涙が浮かんでいた。

セレティナ姫とシュナイダー王子は庭園での一件を、「私たち五人だけの秘密にしましょうね」と言ってくれたおかげで、城へ乱入したセスはお咎(とが)めなしとなった。

まあ、暴力とか振るったわけじゃないしね。それに、今回のサプライズは結婚してこのアースダインを離れるセレティナ姫にとって最後のいい思い出になったと思う。

一方、現場に居合わせたエルシーは未(ま)だ困惑していたが、サーシャはどちらかというとセレティナ姫側に近い反応だった。

「あんなに優しい眼(め)をするモンスターもいるのね……」

モンスターは誰だって怖い。

けど、かつて、実際にオークやゴブリンたちに襲われた経験を持つサーシャは、人一倍その思いが強いはず。

それにも拘(かかわ)らず、サーシャはセスを「優しい眼をするモンスター」だと言った。

この心境の変化はセスにとってもサーシャにとっても大きいものだと思う。

野蛮。

粗暴。

天敵。

モンスターにそんなイメージを抱く人がほとんど――いや、すべてだと思う。言葉を理解できない以上、人がモンスターを評価する指標はその行動しかないのだ。

そんな状況下で、本能に任せて暴れ回る姿が目立っているのであれば、必然と人々の評価は下がる。

しかし、セスのようなモンスターがいるのも事実だ。

セスだけじゃない。

森の奥でひっそりと暮らすモンスターたち。彼らは皆、乱暴で野蛮な『悪』という言葉が命を持ったような存在ではない。大人しく、そして草花を愛する優しい性格と爽やかな心を持っている。

そんなみんなの評価をなんとか改善したい。

今回のセスの一件はそのスタートを切るに相応しい結果となった。

以前から交流のあったセレティナ姫だけならまだしも、居合わせたシュナイダー王子やサーシャにもいい印象を与えたのはこれからのプラスになるのは間違いない。

——さて、そうなると次の問題はソフィについてだ。

ハーフエルフである彼女を人間の生活圏に戻す。

この課題の解決に挑む。

結婚式も終わり、日が暮れる頃には舞踏会に向けて人々が動きだす。

喧騒に包まれる城をこっそりと抜け出し、俺はある場所を目指していた。

王都のすぐ近くにある周囲と比較して小高い位置にあるそこは、王都の様子を遠巻きから一望できる隠れた絶景ポイントだった。

約束の場所ではすでにセスが待機しており、小高い丘の上にある木の上に登って高みから街の様子を眺めている。

「セス！」

『！　ハーレイか』

俺が声をかけたことで、ようやく俺の存在を認識したようだ。

「何か見えるのか？」

『……いや、なんでもねぇよ。それより――』

木の上から飛び下りて着地を決めると、その赤い瞳で俺を見据える。

『今日はありがとな。君のおかげで、俺はセレティナ姫に長年言いたかった気持ちを伝えることができた。もう何度目になるか分からないが、この言葉を贈らせてもらう……本当に感謝している』

「姫様もセスのこと憶えていたみたいだし、プレゼントも気に入ったみたいだったよ」

『そうか』

そう言ったあとのセスの表情――あまり変化は見られないが、どうやら落ち込んでいるみたいだな。

「セス、姫様について、何か気になることでもあるのか?」

『別に……』

「それ、嘘だろ?」

『! おまえ……スキルを使ったな?』

俺はニヤリと笑って頷いた。

正直に答えない方が悪い。

セスは観念したように『分かったよ』と言って語り始める。

『正直に言うと、俺自身にも分からねぇんだ』

「分からない?」

『変な感じというか……長年の願いが成就して嬉しいはずなのに、なぜだか胸が苦しくなるような感じがする。なんでだろうなぁ……』

「セス……」

――この時、俺は確信した。

「セスはきっと……姫様が好きだったんだよ」

『好き？　まあ、嫌いじゃねぇし……ていうか、恩人だし』

「あー……そうじゃなくてさ。恋愛的な意味でだよ」

『？』

首を傾げるセス。

まあ、モンスターの世界には恋愛とかなさそうだもんな。まどろっこしい恋の駆け引きとか無縁で、「生殖するか否か」の極端な二択しかなさそうだ。なんとかもうちょっと分かりやすく伝えようと言葉を選んでみる。

「つまり、さ。あのシュナイダー王子のように姫様と結婚したかったりとか」

『バカ言え。俺はモンスターだぞ？　どれだけ人間に近づいたって、種族の壁は越えられねぇんだ』

正論をぶつけてきたけど、その顔は明らかに納得してないって感じだ。本人は気づいていないんだろうけど。

『それに……あいつらには俺が必要だろ？』

そこで、険しかった表情が緩んだ。

セスにとっては、姫様と同じくらい村の仲間が大事なのだ。

――でも、『結婚したくない』とハッキリ答えなかったところを考えるに、今のセスの感情としてもっとも適している言葉はこれだと思う。

「セス……君は姫様に恋をしていたんだ」

『恋?』

彼女さえいたことのない俺が偉そうに語れたものじゃないけど、たぶんそういうことなんだろうなとは察しがつく。

「あの人が姫様だからとか関係なく、ひとりの女性としてずっとそばにいたいとか思っていたんじゃないか?」

『……断言はできねぇけど——そばにいられるものならいたかったかな』

それはきっと、偽らざる気持ちだろう。

セスの純粋な好意——だけど、立場や種族の違いから、それは絶対に叶うはずのない夢であった。それでもセスは姫様の幸せを願い、バズリーのシュナイダー王子に託した。自分の気持ちは物言わぬプレゼントと共に彼女に預けてきたのだ。

「セスはよくやったよ」

『何だよ、急に』

茶化されているとでも思ったのか、セスは俺の肩をバシッと叩く。失恋を慰める最適の言葉——それは、俺の言語スキルをもってしても浮かばぬものだった。

それでも、セスは前を向いている。自分の気持ちに決着をつけて、新たな門出を迎えたセレティナ姫を祝福し、相手の王子に対して姫を託す気持ちを告げた。

ちなみに、その『よろしく頼む』という気持ちは、あとで俺が翻訳して王子に伝えておいた。

『ハーレイ……俺はあいつらのところへ帰るよ』

「分かった。俺も家族と合流しに王都へ戻るから」

『ああ』

「それじゃあ——また明日」

『ああ、また明日』

俺たちは再会の約束を果たし、それぞれの「家族」がいる場所へと戻って行った。

セスの想いを告げる戦いは、こうして幕を閉じたのだった。

セスの一件から一夜明けた次の日の朝。

俺は清々しい気持ちで目が覚めた。

モンスターと会話ができるというこのスキルのおかげで、命の恩人であるセスの願いを叶えることができた。俺としては、あの時の恩返しができたってわけだ。

「おはよう、マノエルさん」

「おはようございます、ハーレイ様」

あくびをしながら廊下を歩いていると、メイドのマノエルさんと遭遇して自然に挨拶を交わす。この屋敷(やしき)に来た頃は、それすらままならなかったからな。

言語スキルに頼りきりにならず、自分から積極的に話しかける姿勢も大事だよな。セレティナ姫に想いを伝えようと頑張っていたセスの姿を見て、俺はそれを強く感じていた。

朝食を済ませると、学園へ向かう準備を始める。

いよいよ長期の休みが終わり、新しい学年での生活がスタートするわけだが……俺にはもうひとつ、解決しなければならない問題があった。

——ソフィのことだ。

身寄りのない子どもの世話をしてくれる施設が王都にあるそうだが、そこへ入るにはとにかく言葉と一般常識を身に付ける必要がある。幸いにも、物覚えの早いソフィは、すでに人間と不自由なく会話ができるまで言葉を覚えることができた。

問題はふたつ——ひとつは一般常識について。

特に羞恥心にはまだ疎さがある。

未だに俺が村へ行っても、平気で裸のままとかあるし。

恥じらいという感情に対してまだピンと来ていない様子だが、人前では服を着なくてはいけないということは理解したらしい。たまに忘れるだけで。

もうひとつは身元をハッキリとさせること。

これが最大のネックだった。

ただ、解決の糸口は見えている。

俺はその問題を突破するため、父上が仕事をしている書斎を訪ねた。

「どうかしたのか、ハーレイ」

「実は、折り入ってお願いがありまして……」

父上にソフィのことを話したのだが、その際、セスたちモンスターの件は伏せ、「数日前に森で見かけた。ずっと親を捜して森をさまよっていた」――的な内容をもう少し詳しく説明していく。

「そんな子がいたとは……」

父上は動揺しつつ、ソフィに関する情報についていくつか質問をされた。

恐らく、相手が――本当はこんな言い方をするのはよくないんだろうけど――「普通」

の女の子だったらそこまでやらないのかもしれない。

やはり、ソフィがハーフエルフという点が気にかかっているようだ。

エルフ族は純血主義。

これはセスから聞いた情報だが……どうやら、俺が想定していた以上に厄介な状況らしかった。そもそも、現在は人間とあまり関係が良好でないという事情もあって、そう簡単には接触できないらしい。

ただ、彼女のような境遇に置かれているハーフエルフは他にもいるだろうし、中にはさらに厳しい状況に置かれている者もいるはず。でも、村長はきっとソフィを色眼鏡で見たりはしない。警戒を強めているのは村の治安維持のために必要なのだろう。

「事情はよく分かった」

「そ、それじゃあ！」

「落ち着け。相手がハーフエルフとなると、何かとデリケートでな。王都にある教会にはその旨(むね)を伝えるが……その前に試しておきたいことがある」

「試しておきたいこと？」

「彼女をしばらくリーン村に預ける」

「えっ？」

意外な提案に最初は驚いたが、よくよく考えてみると人間の生活に慣れさせるという意味では効果的だ。なんせ、これまではモンスターたちと暮らしていたわけだからな。俺がいろいろと教えてはいるけど、まだまだ足りないと感じるところもある。

「おまえがそこまで熱を入れる子だ。きっと問題はないのだろうが……」

「いえ、仮に彼女が王都の施設に移ることが決まっても、向こうの生活に馴染めないってこともありますから、その予行演習にはもってこいだと思います」

「うむ。では、決定した内容をそのソフィに伝えてくれ。私はリーン村に出向いてオリバー村長に話をしてくる」

「はい！　ありがとうございます！」

「礼はいらないさ」

父上からの協力も得られたし、ソフィの移住は時間の問題だろう。人間の社会で暮らせるようになることは、セスの願いでもあったし、それが叶いそうでひと安心だ。

俺は書斎から出ると、急いで自室へと戻って出かける準備を進め、それが調うとすぐさま外へと飛びだした。

「あら、ハーレイ様」

「おでかけですかな？」

門へ向かう途中、ちょうど庭の手入れをしていたマノエルさんとガスパルさんに声をかけられた。

「うん！　いってきます！」

「お気をつけてください」

「暗くなる前にお戻りを」

「分かっているって！」

ふたりとも、笑顔で俺を送りだしてくれた。

前の家では考えられなかったけど、これが今では当たり前なんだ。

その事実を噛みしめつつ、俺はソフィに報告するためモンスター村を目指すのだった。

エピローグ

あれから数日後。

いよいよ明日に迫った学園再開。

その前に最後の仕事として——ソフィの様子を見に行くことに。

ちなみに、今回村へ足を運ぶのは俺だけじゃない。

「あそこへ行くのは神木祭の時以来ね」

「楽しみです！」

サーシャとエルシーのふたりも同行することになっていた。

実は、ソフィの移住が決まってから、ふたりにいろいろと今後について相談していたのだ。

ふたりはあっという間にソフィと打ち解け、今やすっかり仲良くなっている。同性の友だちができたことは、ソフィにとっても大きなプラスとなるだろう。

さらに、サーシャからの提案で、ソフィは俺たちも通っている王立学園の編入試験を受ることとなった。彼女の学習能力の高さに目をつけたサーシャがそれを父親であるゾイロ騎士団長へと伝え、そこから学園長へと伝わったらしい。

長らくソフィに人間の言葉を教えていた俺としても、きっと成功するだろうと確信していたし、何より彼女自身に「学びたい」という意識があった。

今回はその編入試験の日取りを伝えつつ、学園へ戻る前の挨拶に訪れたのだ。

あと、俺たちの学園生活にもちょっとした変化があった。

「そういえば、今年からクラス分けは模擬試合による結果が反映されるそうね」

「あっ、うちにもそれを伝える手紙が来ていたよ」

「なんでも、学園長が変わった影響だとか」

馬車に乗り、まもなく始まる学園の話題で盛り上がっているとあっという間に目的地のリーン村へと到着。

「こんにちは」

早速いつもの調子で挨拶をすると、村の人たちも明るく返してくれる。相変わらず、この村とグルーザー家の距離感は近い。それでいて、立場としての境界線はきちんと引かれていた。ある意味、理想的な関係であるといえる。

そんな村の一部にある農場。

足を運んでみると、ソフィが村長夫人と一緒に汗を流して働いていた。

「精が出るな、ソフィ」

「ハーレイ！　それにサーシャとエルシーも！」

俺が声をかけると、ソフィが駆け寄ってくる。そんなソフィを見て微笑む村長夫人——こうして見ると、種族の違いはあるが、本当の親子のようだ。

「元気そうで何よりだよ」

「うん。ここの人たち、みんな優しいし……楽しい」

ソフィはセスたちの暮らすモンスター村を出て、ここでの生活に馴染み始めていた。最初はぎこちなかった会話も、完璧にこなせている。

そのセスたちは、未だに森の外れに暮らしている。いつか、もっと人間の言葉が上手くなったら、少しずつでもこの村と交流をしていきたいとセスは考えていた。

本来ならば相容れない人間とモンスターであるが、セスならきっと叶えられるだろうと思う。俺も協力は惜しまないつもりだし、同じように彼らの言葉を理解できるソフィがいい橋渡し役となるだろう。

「これはこれはハーレイ様」

ソフィから近況報告を受けていると、そこへ村長がやってくる。

俺は快くソフィを受け入れてくれた村長に感謝の言葉を贈ると、彼からもソフィの近況を聞くことにした。

「ソフィは働き者ですし、よくやってくれています。私たち夫婦も大助かりですよ」

「凄いじゃない、ソフィ」

「うん。頑張ってる」

サーシャに褒められ、「フン」と鼻を鳴らすソフィ。

さらに夫人も加わり、高評価は続いた。

「村のみんなからも評判がいいんですよ」

「うちには特に若い女の子がいませんからね。私にとっては娘みたいな存在ですが、どうやら村全体がこの子を娘のように思っているみたいです」

凄く愛されているんだな。

村長と夫人の口調から、それがビシバシ伝わってくるよ。

ハーフエルフ。

穢れた血として森に捨てられていたという過去があるソフィにとって、ここの環境は戸惑いを覚えてしまうくらい居心地がいいことだろう。

むろん、セスたちとの生活が悪い環境であったわけではない。

だが、将来的なことを考えたら、いずれは対人関係を構築できるこちらの社会で暮らす方がいいだろう。それはセスや他のモンスターたちの願いでもあった。

ともかく、ソフィが村に馴染んでくれているようで何よりだ。

「みんなは……学園に戻るの？」

「あぁ。しばらくはここへも立ち寄れなくなってしまうから……今日はその挨拶も兼ねて来たんだ」

そう伝えると、ソフィの表情は暗くなる。けど、今日はそんなソフィに朗報を持ってきたんだ。

「そのことだけどね、ソフィ。今日は挨拶だけじゃなくて、あなたに編入試験の日程を伝えに来たの」

「あっ、前に言っていた……」

「これに合格できたら、私たちと同じ学園に通えますよ！」

「うん……頑張る」

エルシーからの励ましを受けて、ソフィの勉強への意欲はさらに増したようだ。

三人が談笑している様子を見守っていると、そこにオリバー村長と夫人が話しに加わった。

「いよいよ学園が再開されるということですね」

村長たちはうちの家庭事情を知っていそうだ。もしかしたら、父上がこっそり教えたのかもしれない。

境遇を知っているからなのか、村長夫婦は心配そうな顔をしていた。

「大丈夫ですよ。——もう、これまでの俺じゃないですから」

ふたりを安心させるように、俺は笑顔で答えた。

俺からの答えを聞いた村長と夫人は一度顔を見合わせてから微笑んだ。

「問題ないようですね」

「もちろん」

そうだ。

言語スキルを身につけたり、サーシャやエルシーと出会ったり、リザードマンのセスやソフィとの一件をはじめ、この休み中にいろんなことがあった。

それが、俺にこれまで感じたことのない自信を与えてくれた。

事あるごとにマシューやロレインと比べられて嫌な思い出しかなかった学園生活だけど、サーシャやエルシーと会えるなら悪くない。

ここからひとつひとつ、やり直していこう。

そう心に誓ってから、俺はソフィの農作業を手伝うために駆けだすのだった。

あとがき

どうも、鈴木竜一です。

このたびは「コミュ力向上のために言語スキルをマスターしたら、引く手あまたの英雄になりました」を手にとっていただき、ありがとうございます。

本作は第７回カクヨムＷｅｂ小説コンテストで特別賞を受賞し、こうして書籍となりました。

ライトノベル作家になりたいという夢を抱いてから早十五年。

当時はコンテストに作品を応募しても一次選考で落ちまくっていまして……そんな自分が、受賞して作品を出せるなんて、まだ夢のような気持ちです。何事もあきらめずに挑戦し続けてみるものですね。

ちなみに、この作品は過去作を何度もリメイクして生まれたもので、初期の主人公は異世界転移してきたおっさんでしたが、今では爽やかな少年に……本当に分からないものですねぇ。

それから、今回は久しぶりの文庫サイズということで、イラストや内容もこれまでの鈴木作品とはちょっと違った作風になっています。

一番の違いは、やっぱり主人公でしょうか。

大判の方でも、主人公ハーレイと近い年齢である少年主人公は存在しますし、生まれ育った環境も決してよろしくはない。似たような境遇と言えますが、それでもやっぱりハーレイは別格で苦労しているなぁという印象です。

作中では言語スキルを得るまで他人とまったく会話ができなかったハーレイですが、作者は対照的に子どもの頃から非常にお喋(しゃべ)りでした。

小中学校では授業中でもついつい友だちと話し込んでしまい、怒られてしまったことは数知れず。お調子者だったんですねぇ……ハーレイとは正反対の性格でした。

鈴木の他作品に登場する主人公たちも大人しいキャラはいますが、ハーレイの場合はそれに輪をかけて静かということもあり、書くのがなかなか難しい……でも、いろいろ試行錯誤して書いていく作業中は楽しかったですね。

もちろん、主人公だけでなくヒロインたちにも強い思い入れがあります。

正統派お嬢様のサーシャ。

元気いっぱいのエルシー。

不思議な雰囲気を持つソフィ。

ハーレイはもちろんですが、カバーイラストを飾ってくれているこの三人の活躍がなければこのお話は成立しません。

主人公ハーレイとヒロインたちをこれからもよろしくお願いします。

最後に謝辞を。

まずは第7回カクヨムWeb小説コンテストにたずさわったすべての方々、ありがとうございました。

担当編集のSさんにはさまざまな場面でお世話になりました。

イラストを担当してくださったフェルネモさんにも、頭が上がりません。特にヒロインたちはみんな可愛く、イラストをいただいてからしばらく鈴木は悶え続けていました。

そして、最後にこの本を手に取ってくださったすべての読者に感謝を！

それでは、またお会いしましょう！

コミュ力向上のために言語スキルをマスターしたら、引く手あまたの英雄になりました

令和５年１月20日　初版発行

著者――鈴木竜一

発行者――山下直久

発　行――株式会社KADOKAWA
〒102-8177
東京都千代田区富士見2-13-3
0570-002-301（ナビダイヤル）

印刷所――株式会社暁印刷

製本所――本間製本株式会社

ISBN978-4-04-074879-5 C0193 ◇◇◇

世界最強の

“不可能任務”に挑む少女たちの
痛快スパイファンタジー！

スパイ教室

竹町

illustration
トマリ

これは世界を救う

久遠崎彩禍。三〇〇時間に一度、滅亡の危機を迎える世界を救い続けてきた最強の魔女。そして——玖珂無色に身体と力を引き継ぎ、死んでしまった初恋の少女。

無色は彩禍として誰にもバレないよう学園に通うことになるのだが……油断すると男性に戻ってしまうため、女性からのキスが必要不可欠で!?

シン世代ボーイ・ミーツ・ガール!

王様のプロポーズ 1

King Propose

橘公司
Koushi Tachibana

[イラスト]——つなこ

最強の初恋
シリーズ
好評発売中!
ファンタジア文庫

イスカ

帝国の最高戦力「使徒聖」の一人。争いを終わらせるために戦う、戦争嫌いの戦闘狂

女と最強の騎士 二人が世界を変える――

帝国最強の剣士イスカ。ネビュリス皇庁が誇る魔女姫アリスリーゼ。敵対する二大国の英雄として戦場で出会った二人。しかし、互いの強さ、美しさ、抱いた夢に共鳴し、惹かれていく。たとえ戦うしかない運命にあっても――

シリーズ好評発売中！

細音啓が紡ぐ新たなるヒロイックファンタジー
細音啓
イラスト
猫鍋蒼
キミと僕の最後の戦場、あるいは世界が始まる聖戦
the War ends the world / raises the world
至高の魔
敵対する
アリスリーゼ
帝国と対立しているネビュリス皇庁の第２王女で強力な氷の星霊を使う「氷禍の魔女」

ティナ
四大公爵家の
ひとつ、ハワード家に
生まれた公女殿下。
なぜか誰でも扱える
程度の魔法すら使う
ことができない。
変える
はじめましょう
アレン
公爵令嬢ティナの
家庭教師を務める
ことになった青年。魔法
の知識・制御にかけては
他の追随を許さない
圧倒的な実力の
持ち主。
発売中!

この少年すべてが
天上優夜
異世界で
レベルアップした結果、
最強の身体能力を
手に入れた少年
シリーズ好評発売中！

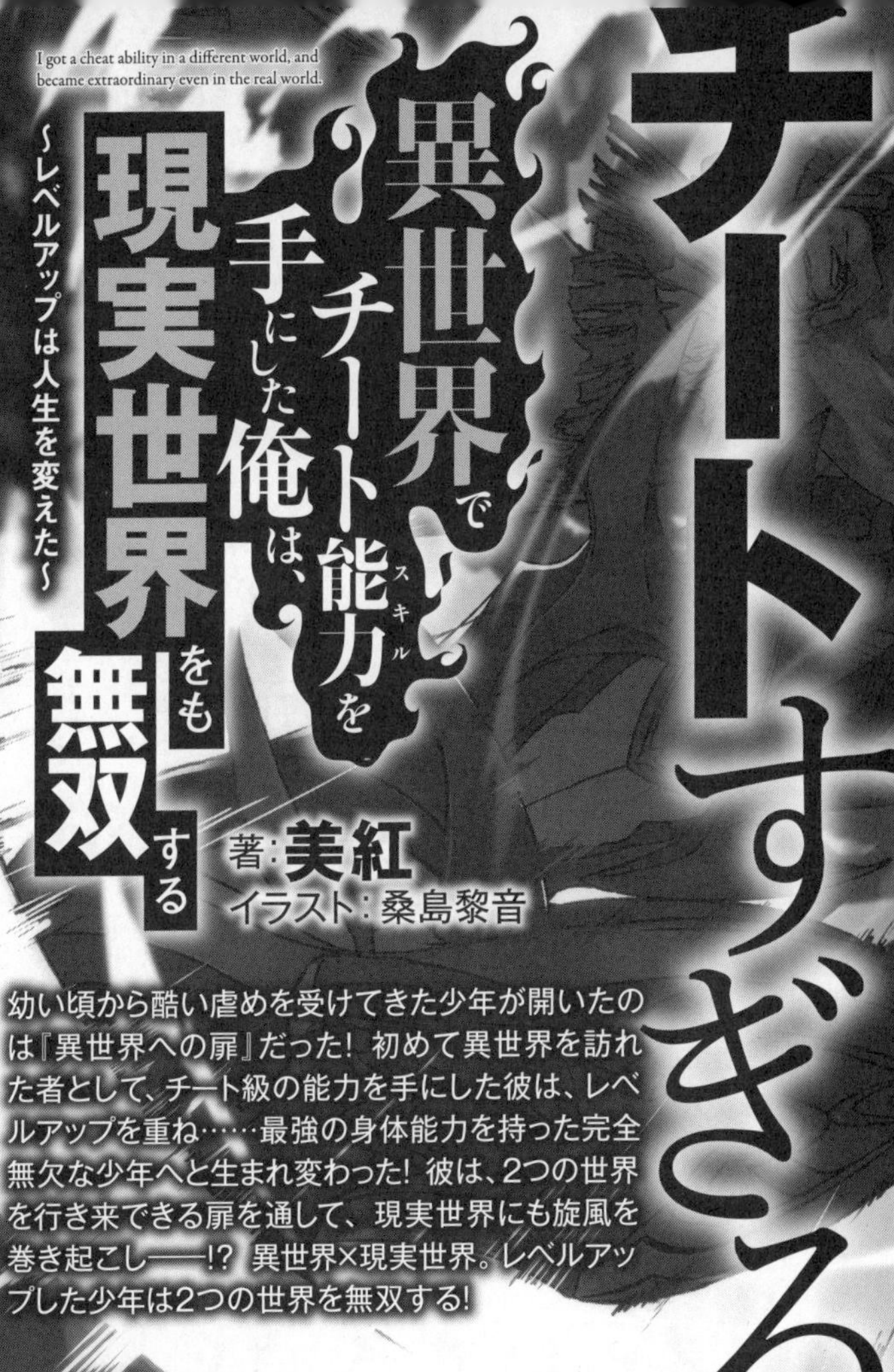

チートすぎる
I got a cheat ability in a different world, and became extraordinary even in the real world.
異世界でチート能力を手にした俺は、現実世界をも無双する
スキル
~レベルアップは人生を変えた~
著:美紅
イラスト:桑島黎音
幼い頃から酷い虐めを受けてきた少年が開いたのは『異世界への扉』だった! 初めて異世界を訪れた者として、チート級の能力を手にした彼は、レベルアップを重ね……最強の身体能力を持った完全無欠な少年へと生まれ変わった! 彼は、2つの世界を行き来できる扉を通して、現実世界にも旋風を巻き起こし——!? 異世界×現実世界。レベルアップした少年は2つの世界を無双する!
ファンタジア文庫

「す、好きです!」「えっ? ススキです!?」。
陰キャ気味な高校生・加島龍斗は、
スクールカースト最上位&憧れの白河月愛に
罰ゲームきっかけで告白することになった。
予想外の「え、だって今わたしフリーだし」という理由で
付き合うことになった二人だが、
龍斗はイケメンサッカー部員に告白される
月愛の後をつけて盗み聞きしてみたり、
月愛は付き合ったばかりの龍斗を
当たり前のように自室に連れ込んでみたり。
付き合う友達も遊びも、何もかも違う2人だが、
日々そのギャップに驚き、受け入れ合い、
そして心を通わせ始める。
読むときっとステキな気分になれるラブストーリー、
大好評でシリーズ展開中!

ありふれた毎日も
全てが愛おしい。

「済」みな「キ」「ミ」と、
「ゼ」「ロ」な「オ」「レ」が、
き「合」いする「話」。

何気ない一言も
キミが一緒だと

経験
経験
お付

著／長岡マキ子
イラスト／magako